反비소士

반생학사

소유현 신무협 장편소설

ORIENTAL FANTASY STORY & ADVENTURE

dream books
드림북스

반생학사 7

초판 1쇄 인쇄 2016년 5월 9일
초판 1쇄 발행 2016년 5월 19일

지은이 소유현
발행인 오영배
책임편집 편집부
제작 조하늬
일러스트 최단비

펴낸곳 (주)삼양출판사 · 드림북스
주소 서울시 강북구 도봉로 173
대표 전화 02-980-2112 **팩스** 02-983-0660
출판등록 1999년 3월 11일 제9-00046호

ⓒ 소유현, 2016

ISBN 979-11-313-0542-3 (04810) / 979-11-313-0345-0 (세트)

드림북스는 (주)삼양출판사의 판타지 · 무협 문학 브랜드입니다.

반생학사

7

소유현 신무협 장편소설

ORIENTAL FANTASY STORY & ADVENTURE

dream
books
드림북스

목차

第一章

마도의 방식

"벌써 준결승이십니다."

경기장으로 향하기 전, 차가운 물로 머리를 식히고 옷을 단단히 동여매는 기섭을 향해 차분한 여성의 목소리가 들려왔다. 살짝 고개를 돌려, 상대를 확인한 기섭이 입가로 웃음을 그렸다.

"홍해(紅海)로구나."

"상대가 대룡문의 금지옥엽이라 들었습니다."

홍해의 말에, 기섭이 콧방귀를 꼈다.

"금지옥엽은 무슨……, 너도 알고 있지 않느냐?"

겉으로 보이는 화려함보다, 속에 감춰둔 어둠이 많은 여인이 바로 북궁소다. 금지옥엽이라는 말은 정말 우습지도 않은 이야기였다.

"그런가요?"

꽤나 지적으로 보이는 외모에 어울리지 않게, 전혀 모르 겠다는 표정을 한 홍해가 고개를 갸웃거린다.

"천하의 천리통(千里通)이 바깥일이라 모른다고 하고 싶 은 건가?"

기섭이 몸담은 중천교(中天敎)는 외부의 정보를 담당하는 천리안(千里眼)과 내부의 정보를 확인하는 천리통으로 나뉘 어져 있다. 비록 천리통이 외부의 정보에는 둔감하다지만, 중천교 내부에 떠돌아다니는 정보마저 모를 리는 없다. 천 리안의 정보도 결국 내부로 들어오니, 실상 천리통이야 말 로 가장 많은 정보를 가지고 있다고 해도 과언이 아닌 셈이 었다.

"때로는 보지 않고, 듣지 않는 게 좋은 법도 있으니까요."

"좋은 말이로군. 그래, 아버지가 보내서 온 건가?"

기섭의 물음에, 홍해가 살짝 고개를 주억였다.

"교주께서는 이만 소교주께서 돌아오시기를 바라고 있 습니다."

"이만은 무슨, 처음 이곳에 나설 때부터 탐탁지 않아 하 셨지."

"……."

기섭의 냉소적인 웃음에, 난감한 표정을 지은 홍해가 다시금 말문을 열었다.

"소교주께서는 너무 일을 쉽게 생각하고 계십니다. 당당하다는 이유만으로 무림에 받아들여 줄 것이었으면, 작금의 천하는 존재하지 않았겠지요. 우리는 조금 더 신중하고, 조심스러워야 합니다. 탐스러운 먹잇감이라도 지나칠 줄 알아야 하는 법이죠."

"그건 홍해 네 생각인가, 아니면 아버지의 생각인가?"

"……헤헷."

기섭의 차가운 눈초리를 받은 홍해가, 모른 척 혀를 쏙 내밀며 웃음을 흘렸다. 무엇으로도 쉽게 판단하기 힘든 여자다. 솔직히 소교주라 불리는 기섭도 홍해만큼은 어려워하는 기색이 없지 않아 있었다. 애초에 홍해가 이 자리까지 찾아온 것도 그러한 사실을 알기 때문이었다.

"어찌 됐든, 아버지께서 혹은 네가 무슨 말을 하든 나는 돌아갈 생각이 없다. 나는 한 점 부끄러움 없이, 정정당당히 이 무림 위에 중천교의 깃발을 꽂고 싶을 뿐이다."

"하아…… 고집은……."

"아버지를 닮았나 보지."

"완전히요."

기섭의 입가로 웃음이 떠올랐다.

"대룡문의 불쌍한 아이는 내 손으로 직접 목을 쳐 줄 생각이다. 살아 있는 게 더 불행이겠지."

"죄송한데 그건 안 됩니다."

기섭의 말에, 홍해가 정색을 표하며 말했다.

여태껏, 어딘지 모르게 장난스럽던 분위기와는 전혀 다른 느낌이다. 기섭 역시 이번만큼은 예상하지 못했는지 놀란 눈으로 그녀를 돌아보았다.

"뜬금없군. 우리가 대룡문의 눈치를 보아야 할 필요는 없을 텐데?"

오랜 시간, 정말로 모두가 상상하는 것보다 더 오랜 시간 몸을 웅크리고 있던 중천교다. 모두가 천하오패를 두려워하지만, 그들은 다르다. 이번 무림대회에 기섭이 우승하여, 그들이 양지(陽地)로 나오게 된다면 모두가 놀랄 것이다.

하늘 위에 또 다른 하늘이 있다.

중천이 바로 그러한 존재들이었다.

"그런 의미가 아니에요. 북궁소 그분은……."

홍해의 두 눈에 고민이 어렸다.

이 사실을 기섭에게 밝혀도 될까?

교주의 다섯째 아들인 그는 자신하고 있었다.

당당히 무림대회에서 우승할 것이며, 누구보다 보란 듯이 인정받을 것이라고. 하나 홍해가 아는 정파 무림이란 그리 녹록한 곳이 아니었다. 분명 문제가 발생한다. 어쩌면 아니, 거의 기정사실로 기섭은 죽게 된다. 단순히 죽는다면 큰 문제는 아니다. 중천교 전체가 분노하겠지만, 그를 참지 못할 정도는 아니었으니 말이다. 문제는 단순한 죽음이 아닐 경우다. 기섭은 너무 많은 것을 알고 있다. 하나 지금 당장으로는 그 무엇보다, 홍해가 알고 있는 사실이 가장 중요했다.

"말하기 어려운가 보군. 그러면 귀를 닫지. 때로는 듣지 않는 게 좋은 법이니까 말이야."

"소교주······."

"네 말에 따르겠다. 그녀는 살려 두지."

"감사합니다."

천하의 북궁소를, 제멋대로 말만으로 살렸다, 죽였다를 반복한 대화 끝에 기섭이 완전히 등을 돌렸다.

"내 마음은 이미 굳었다. 설령 이 땅에서 죽게 된다 한들, 나는 굽히지 않는 삶을 살다 갈 것이다."

"기억하겠습니다."

홍해는 더 이상 긴 말을 하지 않았다.

기억한다.

그가 살아남아 영웅이 되어도, 혹은 사서(史書)에 이름 한 줄기조차 남기지 못한 채 사그라져도 그녀는 기억할 것이다. 그것이, 아주 어린 시절 기섭의 웃는 얼굴을 마주했던 홍해의 마지막 약속이었다.

*　　　*　　　*

정범의 승리 선언이 끝나자마자, 무명은 제자리에서 곧장 모습을 감추었다. 떠나는 뒷모습에는 일말의 미련도 보이지 않았다. 오히려 어딘지 모르게 흡족함마저 보일 정도였다.

가면 너머, 그 얼굴을 마주했던 정범은 내심 당황을 감출 도리가 없었다.

'어째서 대사께서……..'

정순하고 단단하기 그지없는 기운을 마주했을 때 한 번쯤 그 얼굴을 떠올리기는 했다. 하나 나이 제한도 있고, 이런 데에 나서실 분이 아니라고 생각하여서 생각을 접었다. 차라리 무호 스님이었다면 이토록 놀라지 않았을 터다.

'어찌 저렇게 완전히 자신을 감추신 건지.'

어쨌든, 굉언 대사 덕에 정범은 정말 오랜만에 최선을 다해 싸웠다. 그리고 덕분에 새로운 가능성을 열게 되었다. 굉언 대사가 머물고 있을 산 중턱을 향해, 살짝 고개를 숙여 감사를 표한 정범이 시합장 아래로 내려갔다.

고민을 하느니, 직접 만나서 묻는 것이 빠를 터였다.

'남은 건 결승전.'

대신하여 정범의 시선이 다음 준결승전을 향했다.

북궁소와 기섭.

둘 중 승리한 한 사람과 내일 마지막 경합을 치른다.

'처음에는 이럴 생각까진 없었는데……'

어쩌다 보니 결승을 마주하게 된 정범의 입가로 헛웃음
이 흘러 지나갔다.

*   *   *

'정 공자가 밀렸어.'

언뜻 보면 계속해서 공세를 취한 정범의 승리가 당연해
보이지만, 실제로 싸움이 더 길어졌다면 패배하는 측은 정
범이었을 터다. 애초부터 실력 차이가 너무 컸다. 일부 제
약되어 있다지만, 이거어검까지 다루는 정범을 저 정도로
까지 상대할 수 있는 무인이 있을 것이라고는 상상치도 못
했던 북궁소의 미간이 찌푸려졌다.

'천하는 정말 넓구나.'

한때는 또래에서, 혹은 조금 더 나아가더라도 상대가 없
을 것이라 생각했었다.

늘 한계를 넘어서 왔으니, 자신할 수 있던 부분이었다.

하나 이제는 그러한 생각을 할 수 없었다.

천하는 드넓었으며, 재능을 가진 이들은 너무나 많았다. 한계를 몇 번이고 뛰어넘어도 부족하다.

'이 상태로는 얼마 안 가 죽게 될 거야.'

평범한 무림인이라면 아무럼 상관없을 터다.

하나 북궁소는 대룡문, 그중에서도 북궁단청의 딸이다.

누군가는 그의 자식임을 부러워한다.

천하오패, 그중에서도 첫 손가락에 꼽는 대룡문의 정점에 설 수 있는 기회를 단지 핏줄만으로 얻어냈으니 당연할지도 모른다. 하나 모두에게 그 권리가 평등하게 나눠지는 것은 아니었다. 적어도 북궁소에게 있어서는, 그의 자식이라는 사실은 저주라고밖에 표현할 수 없는 무거운 현실이었다.

때문에 마음의 문을 닫았다.

계속해서 비집고 나오려는 목소리를 잠갔다.

'나는 대룡문의 검이다.'

또한 언제나 죽음과 삶의 경계 사이에 양 발을 걸치고 있는 사자(死者)다.

이번 무림대회 역시, 중요한 사실은 하나뿐이었다.

우승해야 한다.

설령 상대가 누구라고 한들, 어떻게 해서든 우승하여, 임무를 완수한다.

그래야지만 산다.

'내가…… 그리고…….'

그녀의 '진짜' 가족들이.

입술을 깨물며, 경기장 위로 올라선 북궁소가 반대편을 바라보았다.

귀를 닫고, 시야조차 가둔 채 정면만을 노려보던 북궁소의 미간이 살짝 찌푸려졌다.

반대편에서 갑작스러운 소란이 일었다.

한참을 기다려도 상대는 눈앞에 나타나지 않는다.

닫혀 있던 귀가 열렸다.

"어째서 아직까지 도착하지 않았단 말이오?"

"숙소에는? 흔적이 남지 않았소?"

"완전히 사라졌다고?"

무림대회의 강력한 우승 후보이자 유일하게 살아남은 마도의 무인, 기섭이 사라졌다.

소란과 함께 공기가 술렁였다.

*　　　*　　　*

새까만 시야를 거두기 위해, 무거운 눈꺼풀을 들어 올린 기섭의 입가로 쓴웃음이 번졌다.

"진짜 죽겠군."

눈앞, 처음 보는 얼굴을 한 노인이 서 있었다.

뿌리까지 흰 머리에, 점잖은 인상, 눈에 뜨이는 특징은 작은 키와 짧은 손이다. 우습게도 보일 수 있는 인상이지만, 기섭은 죽음을 떠올릴 수밖에 없었다. 상대가 누구인지를 명확히 알고 있던 탓이다.

"천하의 투신(鬪神)께서 납치에도 취미가 계신지 몰랐구려."

"나를 아는구나."

어둠 속, 그런 기섭을 귀화(鬼火)가 어린 것만 같은 눈으로 내려다보는 영 노야가 말한다.

"네놈들이 마노를 빼돌린 게 분명해. 그렇지 않느냐?"

"아니라고 하면 믿어주겠소?"

살기가 줄줄 흐르는 마노의 두 눈을 당당히 마주한 기섭의 등 뒤로 식은땀이 흘렀다.

'과연…… 투신이란 거지.'

가장 강하다고는 할 수 없다.

하나 가장 난폭하고, 단호하다. 때문에 투신이다. 정보를 통해서만 들었던 이를, 직접 눈으로 마주한 기섭의 심장이

쿵쾅쿵쾅 뛰었다.

'이런 괴물들이 아직 무림에 버티고 있으니…….'

오랜 세월 힘을 비축해 온 중천도 함부로 고개를 들이밀지 못하는 것이다.

천하오패 중 그 어느 곳도 두렵지 않지만, 이런 괴물들이 우르르 몰려온다 생각하면 심장이 섬뜩해질 따름이다.

"아이야, 아이야. 나는 장난을 별로 좋아하지 않는다. 짧게 물으마. 마노는 어디로 빼돌렸느냐?"

"모르…… 꺼억―!"

영 노야의 짧은 손이, 기섭의 목을 단숨에 낚아채 들어 올린다.

의식을 차린 지 얼마 되지 않아, 다시 한 번 시야가 흐릿해지는 경험을 맞이한 기섭의 몸이 힘없이 축 늘어졌다. 단순히 호흡만 막은 것이 아니다. 영 노야로부터 흘러나오는 무거운 기운이 그의 내력조차 통제하고 있었다.

"한 번 더 묻지. 마노는 어디 있느냐?"

"모르…… 오……. 우리는 그와…… 끄르륵―!"

영 노야의 두 눈이 가늘게 벌어졌다.

'이 어린놈이 거짓말을 하는 것 같지는 않은데?'

하나 상대는 마도다.

마도에게 속아 수많은 동료와, 친구를 잃은 영 노야로서는 의심이 가시지가 않았다.

'그래도 당장 죽일 필요는 없지.'

털썩—!

잡고 있던 손에 힘을 풀고, 시체처럼 축 늘어져 거친 호흡을 내뿜고 있는 기섭의 앞에 선 영 노야가 다시 입을 열었다.

"하면 네놈들의 정체는 뭐냐? 마신교의 잔당이냐?"

"큭…… 큭큭…….."

영 노야의 말에, 기섭이 짧은 웃음을 흘렸다.

"마신교…… 그 이름이 그리도 두려운 게요?"

퍽—!

영 노야의 발길질이 이어졌다.

"누가 무엇을 두려워 한다는 말이냐? 더 이상 우리는 마신교를 두려워하지 않는다."

내력이 실리지는 않았지만, 꽤나 거친 타격이었음에도 불구하고 그를 정통으로 맞은 기섭은 쓴 신음조차 흘리지 않았다. 오히려 타오를 것 같은 눈동자로 영 노야를 노려볼 뿐이다.

"한데 어찌 노선배는 까마득한 후배를 납치해서 이리 억압한단 말입니까? 정녕 노선배께서 마신교가 두렵지 않다면……."

"이노옴―!"

기세를 끌어올린 영 노야가 일갈을 내질렀다.

두 눈에는 당장에라도 기섭을 찢어 죽일 것만 같은 살기가 가득하다. 하나 기섭은 그 시선을 피하지 않았다. 설령 허무하게 죽더라도 마지막까지 당당하리라. 어린 시절, 처음 무공을 접했던 순간부터 다짐했던 무인의 마음이다.

그 올곧은 눈을 직시하는 영 노야의 두 눈이 떨렸다.

'이놈이 정녕 내가 알던 마도가 맞단 말인가?'

마도는 악이다.

그 무엇으로도 비교할 수 없는, 뿌리 자체가 검은 악!

때문에 용납할 수 없다. 좌시도 불가, 공존은 더욱 더 불가능하다. 한데 눈앞의 기섭을 보고 있으니 영 노야의 굳은 마음이 흔들렸다. 타오르던 살기가 거짓말처럼 가라앉았다.

"그래, 나는 마신교가 두렵다."

차가운 목소리로, 사실을 인정한 영 노야가 기섭을 노려본다.

"하니 마지막으로 물으마. 네놈은 마신교와 무슨 관계냐. 마노는 어디 숨겨두었느냐?"

"거듭 말해 나는, 우리 중천교(中天敎)는 마노를 숨긴 적이 없소. 또한 우리는 마신교가 아니오."

"중천······ 마신교가 아닌 마도도 있더냐?"

영 노야의 말에, 기섭이 코웃음을 쳤다.

"하면 천하오패가 아닌 정파도 있었단 말이오?"

"······."

"마도의 역사는 당신들이 생각하는 것보다 훨씬 더 길고, 깊소. 알량한 시선으로 모든 것을 안다고 착각하지 마시······ 컥!"

갑작스럽게 날아온 영 노야의 손길에, 목덜미를 붙잡힌 기섭의 얼굴이 붉게 달아올랐다.

"오냐, 오냐 해주었다고 너무 기어오르지 말거라. 무엇이라 하여도 네놈이 마도라는 사실 만큼은 변하지 않으니 말이다."

"크흐······ 크흐흐······. 단순히 마도라는 이름을 달았다······ 하여 악이 되어야만 하는 게요? 정녕 그렇다면······ 세상을 반으로 쪼개서밖에······ 보지 못하는 노 선배가 안타깝기 그지없을 뿐이오······."

"이놈, 그 간사한 세 치 혀로 내 마음을 어지럽히지 마라. 마도는 악이다. 악은 멸절(滅絶)되어야 한다."

"끄윽······ 끄으윽······!"

기섭의 목덜미를 잡은 영 노야의 손에 점점 더 강한 힘이 들어갔다. 핏발이 선 붉은 눈에는 다시금 나타난 살의가 뭉

게뭉게 피어올랐다.

더 이상 기섭은 웃지 못했다.

두 눈에는 조금씩 초점이 사라져 갔다.

'결국…… 이렇게 되는군.'

죽음.

무겁기 그지없는 단어를 떠올린 기섭의 입가로 짧은 웃음이 스쳐 지나갔다.

*　　　*　　　*

결국 북궁소는 부전승으로 결승에 오르게 되었다.

스스로가 마도임을 밝히고, 당당하게 맞서던 기섭의 실종 소식은 많은 사람들의 의심을 불러왔다.

대룡문에서 손을 쓴 게 분명해.

철혈빙공을 이길 자신이 없던 거지.

그렇게 안 봤는데, 실망이야.

수많은 이야기가 귓가에 북궁소의 귓가로 흘러들어 온다.

그럼에도 불구하고 그녀의 표정에는 조금의 흔들림도 보이지 않았다.

큰 힘에는 큰 권리가 따른다.

세상 어디를 가든, 그러한 권리를 가진 자에게 질시를 보이는 이들은 존재하는 법이다. 앞에서는 웃지만, 뒤에서는 욕을 하는 이들. 흔한 일이다. 딱히 신경 쓰이지도 않았다. 들려오는 소리로부터 귀를 막으면 될 일이다. 굳이 그녀가 신경 쓸 필요도 없이, 대룡문 내에서 알아서 손을 쓸 것이다.

'난 내일만 신경 쓰면 돼.'

결승전.

결코 짧지 않았던 무림대회의 마지막을 떠올린 북궁소가 검을 움켜쥔 채 바깥을 향했다.

'이긴다.'

생각해야 할 것은 단 하나였다.

상대가 누구이건, 어떠한 상황이건, 그녀가 해야 할 일은 단 하나뿐이었다.

*　　　*　　　*

길고 길었던 무림대회.

그 종착점이라 볼 수 있는 결승전의 막이 열렸다.

수많은 논란과 사건을 만들었지만, 그조차 무림대회이기

때문에 가능한 일이다. 말 많은 호사가들도, 속내를 갈무리한 무인들도 무림대회의 마지막을 보기 위해 모였다. 어찌 되었든 이 자리에서 우승하는 이는 명실상부, 현 무림에 있어 불혹 이하의 무인들 중 최강(最强)이라는 명성을 가지게 될 터다. 그 말은 곧, 향후 십 년 안에 전 무림을 통틀어 무림제일(武林第一)이라는 칭호를 얻게 되어도 이상하지 않다는 뜻이기도 했다.

새로운 영웅의 탄생.

무림인 모두가 본인이 되고 싶어 하지만, 결코 될 수 없기에 동경하는 자리. 그 위치에 오를 이를 향해 모든 이들의 관심이 쏟아졌다.

"최선을 다하겠습니다."

경기장 위, 올라선 북궁소를 바라본 정범이 말을 건넸다. 돌아오는 대답은 없다. 시선조차 마주치지 않는다. 두 눈을 감은 채, 팔짱을 낀 북궁소는 오롯이 결승전의 시작을 알리는 소리만을 기다리고 있었다.

두 사람 사이로 짧은 침묵이 흘렀다.

그를 깬 것은, 마지막 경기의 심판을 맡게 된 소림승이 손을 들어 올리며 외친 목소리였다.

"지금부터, 비천검 대 철혈빙공. 철혈빙공 대 비천검의 무림대회 마지막 경기를 시작하겠습니다!"

선언이 끝나는 순간, 감겨 있던 북궁소의 두 눈이 번쩍 뜨였다. 팔짱을 풀고, 검의 손잡이를 강하게 움켜쥔 북궁소의 차가운 눈이 정범을 직시한다. 서슬 파란 기세에는 여태까지의 인연을 모두 베어버릴 것만 같은 냉혹함이 엿비친다.

'북궁 소저……'

처음 보는 그 눈빛에, 잠시 상념에 빠졌던 정범이 고개를 내젓고, 검을 쥐었다. 두 눈에는 더 이상 감상 따위는 남아있지 않았다.

모든 것은 무림대회가 끝난 뒤.

그때의 이야기다.

"하면 두 시주 모두, 정정당당한 경합을 부탁하겠습니다."

소림승의 마지막 선언과 함께, 무림대회의 결승전이 시작되었다.

처음은 조용했다.

서로 한 발짝도 떼지 않은 채, 검조차 제대로 뽑지 않은 두 사람은 서로만을 노려볼 뿐이었다.

그 틈새로 정범의 눈가에 짧은 감탄이 스쳤다.

'북궁 소저. 그 사이 더 성장했구나.'

본래 처음 무림대회에 도착할 당시의 북궁소와 비교하자면 배 이상 강해졌다. 한동안 보지 못해 잊고 있었는데, 그녀가 가진 재능은 가히 천재적이라 부르기에 부족함이 없었다.

파앗-!

그 사이, 북궁소가 경기장 중앙을 갈랐다.

번쩍이는 은빛 날이 정범의 머리 위로 벼락처럼 떨어졌다.

놀란 눈빛으로 그를 막아선 후, 반격을 가하려던 정범은 연속된 북궁소의 공격에 눈을 동그랗게 떴다. 단순히 빠른 탓이 아니었다.

'흐름을 읽고 있어!'

작금 정범의 눈에는 어지럽게 얽혀 보이는 세상이지만, 북궁소는 명확히 그 틈새의 길을 보고 있었다. 게다가 장악하고 있는 제공 역시 넓지는 않지만 촘촘하다. 도저히 반격에 나설 틈이 보이지 않았다. 이 상태로는 그저 밀리기만 하다가 패배다. 아무리 가진 것이 많아도, 펼칠 기회조차 없다면 아무런 의미가 없었다.

'어쩔 수 없나. 나름 비장의 수인데 벌써 쓰게 될 줄은 몰랐어.'

미간을 찌푸린 정범이, 검에서 손을 놓았다.

홀로 공중으로 둥실 떠오른 검이 북궁소의 검을 막아선다. 동시에, 따로 움직이기 시작한 정범의 박투술이 펼쳐졌다.

"……!"

굉언과의 마지막 경합에서, 정범이 이기어검과 동시에 움직이는 모습을 보기는 했다. 하나, 그를 이기어검을 펼친 직후 검을 완전히 놓고 빠르게 몸을 움직인 줄로만 알았던 북궁소다. 상식적으로, 이기어검이라는 정밀한 내력 조정을 필요로 하는 고도의 기술과 함께 다른 무공을 펼친다는 것은 불가능했으니 말이다.

하지만 정범은 해내고 있다.

그제야, 눈앞의 사람을 다시금 깨달은 북궁소의 입가로 묘한 웃음이 번졌다.

'상식 같은 게…… 필요한 사람이었던가?'

검과 주먹, 마치 두 사람의 정범이 합공하는 것과 같은 상황에 기껏 잡았던 기세를 잃은 북궁소가 뒷걸음질 친다. 이제는 정범의 차례다. 잡은 기세를 놓지 않고, 한 손에 검을 든 채 몰아치려던 정범의 움직임이 갑작스럽게 멈추었다. 동시에 시선은 북궁소가 아닌 관객석을 향한다.

"지금 뭐하는……?"

정범의 행동을, 불쾌하다 생각하며 입을 열던 북궁소도 단숨에 시선을 돌렸다.

조용하던 관객석에서 변화가 생겼다.

'이건 마기……?'

북궁소 역시 기섭과, 단혁을 겪으며 마기의 느낌을 확실히 알게 되었다. 어째서 마기라 불리는지 알 수 있을 것만 같은 끈적하고, 불쾌한 기분. 마치 자신의 몸에 끈적한 실이 여럿 달라붙은 것만 같은 그 감각은 잊으려야 잊을 수가 없는 종류였다.

문제는 그러한 끈적한 마기가 관객석 이곳저곳에서 느껴지고 있다는 사실이었다. 게다가 그 마기는 어딘지 모르게 흥분한 듯 격동적이기까지 했다. 무엇보다, 그 수가 너무 많았다.

'한둘이 아냐?'

의심과, 의문이 하나 되어 떠오르는 순간이었다.

"마도 천하를 위하여!"

관객석에서 침묵하고 있던 검은 복장의 무인이 제자리에서 벌떡 일어나며 검을 휘둘렀다. 아무런 방비도 못한 채, 그의 주변에 앉아 있던 관객들은 순식간에 목이 달아났다.

"저 무슨……!"

놀란 소림승들이 재빠르게 손을 쓰려 하였지만, 숨어 있던 마도 무인의 수는 적지 않았다.

"위선자 정파 놈들! 제 놈들끼리 즐거운 게 무슨 무림대회라고!"

"마도천하 천천세!"

"이참에 모두 쓸어 담아 주마!"

동시다발적으로, 관객석 이곳저곳에서 일어나기 시작한 마도 무인들의 공습(攻襲)에 무림대회장은 순식간에 혼란에 휩싸였다.

사방에서 피가 튀어 오른다.

영문도 모른 채 죽은 사람의 목이 허공을 날아간다.

"개자식들!"

분노한 정범이, 무림대회장을 벗어나 단숨에 관객석 쪽으로 뛰어갔다. 본래 규칙대로라면, 경기장 바깥을 벗어나면 실격패다. 하나 지금 정범은 그런 것을 따질 여유가 없었다.

"저쪽도⋯⋯!"

고운 두 눈을 크게 찌푸린 북궁소 역시 검을 뽑아들고 앞으로 나서려 할 때였다.

무림대회를 주관하는 인물들이 모인 장소로도, 숨어 있던 마도의 무인 몇몇이 뛰어들었다.

불이 무서운지 모르고 뛰어드는 불나방들이다.

저곳에 있는 인물들은 최소 무림의 명사(名士).

혹은 천하오패의 주인이다.

마도의 무공이 강력하다고는 하나, 상처 하나 주기 힘든 게 당연했다.

"크아악―!"

"커허억!"

"백린교 만세!"

예상대로, 뛰어들었던 마인들은 비명을 내지르며 순식간에 절명했다.

무서운 일은 그 뒤에 일어났다.

쾅―!

죽은 마인의 시체로부터, 마구잡이로 날뛰던 기운이 단숨에 터져 나오며 커다란 폭발을 일으켰다.

콰과과광―!

폭발은 연쇄적이었다.

그 모습을 두 눈으로 확인한 북궁소의 몸이 흠칫 떨렸다.

'저게 무슨……'

목숨을 도외시한 공격에, 자폭 공격까지.

위협적이지만, 자리에 모여 있던 사람들을 생각한다면 큰 피해가 있을 것 같지는 않았다.

단지 새삼스레 마인이 가진 무서움이 깊게 느껴졌다.

'이자들은 미쳤어.'

그때서야 문득, 앞뒤 가리지 않고 관객석으로 뛰쳐나간 정범의 모습이 떠올랐다.

벌써 한 명의 마인을 제압한 채, 목을 내리치려는 그를 본 북궁소가 앞으로 뛰쳐나가며 손을 뻗었다.

"안 돼!"

*　　　　*　　　　*

'용서할 수 없어.'

정범의 눈에 짙은 살의(殺意)가 피어올랐다.

검을 휘두르는 손길에는 망설임이 없었다.

"안 돼!"

북궁소의 목소리가 들렸지만, 지체할 수는 없었다.

'지금 이 시간에도 수많은 사람이 죽고 있다.'

관객석에 숨어 있다, 갑작스럽게 검을 뽑아 들어 수많은 사람의 목숨을 앗아간 자들이다. 지체한다면 무고한 이들이 더 많이 죽게 된다.

손이 더럽혀지는 것을 두려워할 시기도 지났다.

썩둑―!

입을 벌린 채, 무언가를 외치려던 마인의 목이 단숨에 지상으로 떨어졌다.

이윽고 죽은 마인의 시체가 마구잡이로 날뛰기 시작했다.

'이건……?'

처음 보는 현상이었지만, 범상치 않음을 짐작한 정범의

눈이 크게 뜨였다. 아직 주변으로는 대피하지 못한 양민들도 많다. 명확하게 말할 수는 없지만, 저 날뛰는 몸은 그들에게 큰 피해를 줄 것이 자명해 보였다.

'차라리 내가 몸으로라도……!'

정범이 덥석, 날뛰는 마인의 시체를 끌어안으려는 순간이었다.

"어서 해약을 드시게."

잔잔한 미풍(微風)과 함께 모습을 드러낸 굉언이 손을 내뻗는다. 그 앞으로 펼쳐진 것은 황금빛 강기의 막이다.

콰앙―!

무슨 말을 할 틈새도 없이 폭발이 이어졌으며, 굉언이 펼친 강막(罡膜)이 폭발을 모두 막아냈다.

"대사!"

"시간이 없소, 시주."

짧은 말을 마친 굉언이 다른 곳을 향해 재빠르게 몸을 날렸다. 또 다른 장소에서도 방금 정범이 겪은 것과 비슷한 상황이 동시다발적으로 펼쳐지고 있는 찰나였다.

'굉언 대사 혼자서는 벅차다.'

정범은 더 이상 망설이지 않았다.

품에 갈무리하고 있던 상자를 꺼내, 단숨에 해약을 집어삼킨다.

찰나.

큰 변화는 없는 것만 같았다.

하나 눈이 두어 번 깜빡일 즈음, 정범의 세상이 뒤틀리듯 흔들리는가 싶더니 흐름을 완전히 되찾았다. 이전에 보던 세상보다 오밀조밀하고, 탄탄해진 세상의 흐름이다. 명확한 '길'이다.

'더 선명해졌어.'

아니, 그 정도가 아니라 보던 세상이 한 차원 달라졌다.

이전까지의 정범은 세상이 정해놓은 길을 따를 수만 있을 뿐이었다. 따지자면 정해진 규율에 의한 원조(援助)를 받던 셈이다. 하나 지금은 달랐다. 아주 조금이지만, 그 규율을 벗어나 제멋대로 길을 정립시킬 수 있다. 사소하지만 결코 작지 않은 차이다.

정범의 시선이, 일반인의 눈에는 보이지도 않는 십 리(里) 밖을 향했다. 검으로 마인의 목을 벤 무인이, 발악하듯 뒤틀리는 마인의 시체를 보며 어쩔 줄 몰라 하는 표정이 보인다. 정범이 다시 한 번 눈을 깜빡인 찰나의 순간에는, 그 표정이 진실로 눈앞까지 다가왔다.

"헉!"

놀라는 무인에게는 아무런 말도 않은 채, 정범이 손을 내뻗어 폭주하는 마인의 시체를 향했다.

몸 속 내력이 꿈틀거리며 뛰쳐나와 세상의 흐름 사이를 간섭한다. 갈라놓는다.

'방금 이곳까지 뛰어올 때와 같아.'

시간은 없는데 길이 보이지 않아, 내력과 자연의 흐름을 비틀어 규칙 하나를 비틀었다. 사람은 사람의 몸을 투과(透過)하지 못한다. 하나 정범은 그 순간, 분명 수많은 사람의 몸을 투과하여 일직선으로 이곳에 도달할 수 있었다.

강막도 비슷한 원리였다.

내력의 흐름을, 마인의 시체 주위로 집중해 막으로 만든다.

콰앙—!

폭음이 일고, 정범이 만든 우윳빛 강막이 뒤흔들렸다.

하나 그 폭발이 크게 번져 나가지는 않는다.

'이게 영 노야와 굉언 대사가 보던 세상……'

이제는 알 것 같았다. 완전히 인간의 영역 밖이라고 말할 수 있는 이 세상에 발을 들여놓기 위한 조건은 단 한 가지이다.

모든 것을 버려야 한다.

때문에 영 노야는 정범에게 제약단을 먹기를 권유했으며, 초식조차 놓게 하였다. 남은 것은 오로지 검과 자신. 사실 대다수가 이때 당시 검조차 잃어버리기 마련이다. 한데 정

범은 검과 자신만은 하나로 보았다. 더욱 놀라운 것은, 검이
바로 그러한 정범의 목소리에 답을 했다는 사실이다. 때문
에 영 노야와 굉언 대사 모두가 상상하지 못했던 성과를 얻
은 채 그들과 같은 영역, 천인(天人)에 이를 수 있었다.

'이 힘이면······.'

지킬 수 있다.

주변의 혼란에 빠진 수많은 양민들, 혹은 힘없는 무인들.

굉언이 그러했듯, 정범 혼자서는 어려웠을 터다.

하지만 지금은 다르다.

굉언이 바쁘게 뛰어다니고 있다.

그 뒤를 따라 홍염환이 모습을 드러낸다. 북검제라고 불
리는 북검문주와, 그 남소광조차도 힘을 아끼지 않고 마인
들로부터 주변인들을 지키고 있다.

가능하다.

엄청난 혈겁이었지만 두려워할 필요는 없었다.

정범은 조금 더 바쁘게 움직이기로 했다.

적어도 지금 당장은 모두의 마음이 하나 되어 있었다.

*　　　*　　　*

수많은 초인들이 힘을 발휘함으로써, 엄청나게 커질 뻔

했던 혈겁은 생각보다 적은 수의 부상자와 사상자를 만든 채 마무리되었다.

쿵—!

"크음……."

마지막 마인의 폭발을, 무거운 도로 찍어 눌러 완전히 제압한 남소광이 거친 기침을 흘렸다. 느리게 움직이는 시선은 굉언을 향한다.

'저 괴물은 정녕 아직까지도 늙어 죽지 않았구나.'

남소광은 이제 막 아버지의 손을 잡고 소림의 산문(山門)에 처음 발을 들일 당시 보았던 굉언의 얼굴을 떠올렸다. 당시의 그는 거대한 산이었다. 그리고 시간이 흘러, 나름대로 스스로의 무(武)에 자신을 갖추고 만났을 때에도 같았다. 아니, 아는 만큼 보인다고 더 확실히 느낄 수 있었다.

그는 하늘에 닿은 사람이었다.

드높은 산으로도 비견할 수 없는 높은 곳에 위치한 존재였다.

'이제는 분명 같은 영역에 서 있거늘…….'

아직도 굉언을 보면 몸이 떨리고 뒷목이 뻣뻣하게 긴장된다. 단순히 그가 보다 먼저 천인에 이르러서는 아닐 터다. 수많은 천인들을 통솔하고 있는, 비무림의 수장이라는 명목 탓도 아닐 터였다.

'여전히 높구나.'

같은 천인 사이에도 격차는 존재한다. 비슷한 세계를 본다고 하여 같은 것은 아니라는 뜻이다.

'죽일 수 있을 리…… 없겠지.'

다행인 것은, 그러한 굉언이 자신의 적은 아니라는 사실이었다. 또한 솔직히 말해 죽일 생각도 없었다. 누군가 자신의 머리 위에 있다는 사실을 좋아하지 않는 남소광이었지만, 작금과 같은 무림의 균형을 위해서라도 굉언의 존재만큼은 인정해야 한다.

"대단한 인재로군. 저 나이에 벌써 천인이라니."

남소광의 옆에 선, 홍염환이 놀라운 눈으로 정범을 바라보았다. 어느 정도 가능성은 있다고 보았다. 전설 속에서만 불리던 이기어검을 보였을 때에는 이미 벽을 넘은 것이 아닐까 기대한 바도 사실이었다. 하나 어딘가 부족하다고 느껴졌는데, 순식간에 그 빈자리가 모두 메워졌다.

"스스로 모든 걸 버렸다가 다시 채웠군."

북검제, 단우명도 놀라운 탄성을 토했다.

보통 천인이란, 죽음의 위기 혹은 그에 걸맞은 큰 혹독함 속에서 탄생한다. 스스로의 전력을 쏟아내고도 넘어설 수 없는 벽을 만났을 때, 아니면 그 한계에 부딪쳐 목숨이 위태로울 때. 지금 이 자리에 있는 천인들 중 그러한 경험을 겪지 않은 이는 하나도 없었다. 한데 정범은 조금 달랐다. 분명 수많은 사선(死線)을 넘었을 터다.

무림이란 세계가 그리 녹록지는 않으니 말이다.

하지만 그건 어디까지나 벽에 부딪치기 전의 이야기.

벽에 부딪친 후로는, 어지간한 적을 만나서는 사선을 경험할 일이 없다. 천인이 되기 직전의 무인이란 녹록지 않은 무림에서도 압도적인 존재에 속해 있으니 말이다. 때문에 처음 정범이 막힌 벽을 알아본 영 노야와 굉언은 진심으로 감탄할 수밖에 없었다.

마노의 대적자라는 말이 괜히 나온 것도 아니었다.

이제 정범은 벽을 넘어야만 했다.

모든 것을 비워야 한다. 죽음 직전의 상황이란, 그러한 때를 뜻한다. 본래 영 노야는 정범에게 강압적인 죽음의 위기를 주고자 했다. 모든 것이 비워질 만큼 전력을 쏟는다면, 순식간에 벽을 넘을 수 있을 터니 말이다. 하지만 굉언이 반대했다. 애초에 그 방법은 정범에게 통하지 않았다. 따지자면 정범은 수많은 무인들 중에서도 가장 벽을 넘기 힘든 존재일 수도 있었다.

이미 수없는 죽음을 겪어본 존재.

죽음의 맛을 안다.

때문에 그 허탈함이 주는 경험과, 비워짐조차 익숙하다.

그런 감각으로는 평생 벽을 넘지 못한다.

해서 강제적으로 정범을 비웠다.

흐름도, 제공도, 초식도 모두 잘라냈다.

비우고 싸우게 했다. 편법을 쓴다면 얼마든지 탈출할 수 있었겠으나, 다행히도 정범은 길을 잃지 않고 올바르게 향했다.

그 와중에 이어진 살수 혈독수의 공격은 최고였다.

정범은 비워진 상태로 죽음을 상시 옆에 두어야 했으며, 그 끝에 검과 하나가 되었다. 천인들 중에서도 누구도 이루지 못한 이기어검의 발현은 결코 우연이 아니었다.

"정 시주, 정말 잘 버텨주었습니다."

굉언은 처음부터 끝까지, 단 한 순간도 놓치지 않고 조마조마한 심정으로 정범을 지켜보고 있었다. 영 노야를 통해 혈독수가 그를 노리게 한 것도 그랬다. 이기어검을 얻었지만, 아직 벽을 넘기에는 부족한 정범에게 최선을 다하도록 유도하는 무대를 마련한 것도 그러한 이유에서다.

결국 정범은 굉언이 마련한 모든 시련을 넘어서고, 지금 이 자리, 그들과 같은 천인의 영역에 섰다.

"고맙습니다. 대사의 덕이 큽니다."

"아미타불. 미천한 소승의 의지보다는, 부처님의 뜻이 함께하기에 가능한 일이었을 겁니다."

불호를 외며, 합장한 굉언의 시선이 홍염환과 남소광, 단우명 등 천하오패의 주인을 향했다.

"도와줘서 고맙소이다."

육성으로 그들에게 진심을 담은 인사를 전한 굉언의 모습이 순식간에 사라졌다. 그는 소림의 인물이지만 지금의 소림에는 존재하지 않는 인물이다. 어느덧 주변으로는 무림대회의 관련자들과, 관객들이 다시금 모여들고 있었다.

"축하하오. 정 소협. 나도 어린 시절부터 천재란 말을 많이 들었는데, 비교하기가 부끄러울 정도의 빠른 성장이구려. 푸하핫!"

그러는 사이, 어느덧 정범에게 다가와 어깨에 팔을 두른 홍염환이 큰 웃음을 터트렸다.

"우리 북검문에 방문한다는 약속, 잊지 말아 주게."

단우명 역시, 눈가에 미소를 그린 채 정범을 격려했다.

반면, 정범을 노려보는 남소광의 마음은 혼란스럽기 그지없었다.

'저 어린놈이 벌써 천인이 되다니…….'

정범이 천인인 것과, 아닌 것의 차이는 극명하다.

이전까지의 정범은 마음만 먹는다면 언제든 밟아 죽일 수 있는 개미와 같았다. 하나 천인이 된 지금, 정범은 그리 쉽게 죽일 수 있는 존재가 아니게 되었다. 단순한 무력만 따지자면 아직 정범은 남소광의 아래다. 말한 바 있듯, 같은 천인이라도 수준의 차이는 존재하는 법이다. 문제는 그 사실이 어디까지나 '지금 당장'에 국한되는 이야기라는 점이었다.

'놈은 더 강해질 거야.'

알 수 있었다.

정범은 따지자면 될 성 부른 떡잎이다.

고집이 강하며, 독하고, 많은 사람들을 아우른다.

짧지 않은 무림사 속에서, 저러한 기질을 가진 이들은 적지 않았다. 흔히 협(俠)이라는 호칭을 받은 무인들의 대다수가 바로 저러한 성정을 가지고 있었으니 말이다. 하나 그러한 협객의 대부분이 단명(短命)한다. 협객의 길에는 언제나 굴곡이 많은 법이니 말이다.

그리고, 아주 가끔 존재했다.

깊고 거친 굴곡을 모두 거쳐 살아남은 협객들.

살아남은 그들은 대다수는 둘 중 하나의 칭호로 불리게 된다.

대협(大俠) 혹은 영웅(英雄)!

끊임없이 강해지며, 더욱 더 높은 곳으로 날아오르는 그들의 날갯짓은 일반인이 따를 수 없는 거대한 바람이다. 당장이야 아래에 있다고 하여도, 그 거대한 날개는 단숨에 창공을 비상해 남소광의 머리 위를 뒤덮을 터였다.

'언젠가는……'

보이지도 않게 훌쩍 날아가 버리겠지.

그때가 되면 늦는다.

처음 생각했던 대로, 기회가 있을 때 죽여야만 한다.

문제는 그 기회가 방금 전 정범이 천인에 이름으로써 모두 날아갔다는 사실이었다.

'놈은 이제 비무림의 비호(庇護)를 받게 되겠지.'

천인의 탄생은 귀하다.

그중에서도 정범과 같은 젊은 천재는 없었다.

자연스레 비무림의 시선은 한동안 정범에게로 쏠릴 것이다. 마노라는 대적을 눈앞에 둔 상황에서, 젊은 천재인 정범은 희망이다. 굳이 그러한 사실을 제외하더라도 호기심을 가진 이들은 많다. 눈앞의 단우명과 역시 바로 그러한 인물이다. 그러한 시선이 떨어질 때까지는 최소 일 년의 시간이 필요하리라.

'놈이 얼마나 빨리 강해질까?'

남소광은 아랫입술을 깨물었다.

타고난 영웅의 재능에, 수많은 원조가 따를 터다.

게다가 아직 미지수의 영역이라고밖에 볼 수 없는 이기어검까지 손에 쥐어졌다. 예측이 되지 않는다. 감히 지레짐

작도 못 할 수준이다.

입술을 잘근 잘근 씹어, 핏물이 입 안에 스며들 때까지 생각에 빠져 있는 남소광을 향해, 웃는 얼굴의 단우명이 물었다.

"남도문주는 그리 유쾌하지 않은 것 같소?"

"그럴 리가 있겠소."

순식간에 입 안에 머금고 있던 핏물을 삼킨 남소광이 작은 웃음을 보였다.

속내야 어떻든, 겉으로 감정을 드러낼 필요는 없다.

'일 년. 일 년이 지난 뒤에 내가 놈보다 강하면 그만이다.'

남소광은 원한을 잊지 않는 자였다.

구강을 타고, 속으로 스며든 비릿한 혈향이 그의 가슴 속으로 깊게 퍼져 나갔다.

第二章
임시 무림맹

　공식적으로는 천하오패의 수장들과, 소림사의 대처로 마도의 습격은 일단락되었다. 놀라웠던 일이지만 생각보다 피해자가 적었으며, 사상자가 발생한 경우에는 천하오패 차원에서 큰 보상을 해 주었기에 논란은 금방 사그라졌다. 물론, 그렇다고 하여 아무런 말이 남지 않은 것은 아니었다. 자그마치 무림대회에서 있었던 일이며, 처음으로 마도라는 이름이 주는 공포가 중원인들 사이에 번진 일이었으니 말이다.

　호사가들은 이 무시무시했던 공격을 훗날 마도봉기(魔道蜂起)의 시작점이라 일컬었다.

그리고, 어찌 보면 가장 중요하다고 볼 수 있는 무림대회의 우승자는 북궁소로 결정되었다.

어찌 되었든 정범은 스스로 경기장을 떠나 장외패를 당한 셈이었으니 말이다.

길었던 대회의 결론을 빠르게 내린 무림대회 측은 북궁소에게 검후(劍后)라는 명호와 함께, 그녀가 선택한 우승상품인, 서주와 양주 지역 일부분의 자치권을 대룡문에게 승계했다. 실상 대룡문을 제외한 나머지 천하오패의 수장에게 있어서는 그리 유쾌한 일은 아니었다. 아니, 오히려 큰 일이었다.

이미 대룡문은 천하오패 중에서도 제일로 뽑힐 정도로 방대한 영역을 통치하고 있는 거대 문파다. 그럼에도 불구하고 대룡문이 여태껏 홀로 선 천하일존이 되지 못한 이유는 단 하나였다. 대룡문은 너무나 외곽에 자리 잡고 있었다. 유주와 병주, 기주. 그 어느 쪽도 실상 중원이라 부르기에 애매한 위치의 땅은 크기만큼이나 실속을 가지지는 못했다. 땅은 황폐하며, 캐낼 수 있는 작물은 한정적이다. 그나마 바다를 끼고 있다고는 하지만 해적이 날뛴다. 그뿐이라면 문제가 안 될 텐데, 국경을 맞댄 북방의 야만족들의 침공 역시 쉽게 볼 수 없는 상황이었다. 천하오패는 황궁으로부터 자치권을 인정받아 영향력을 행사하는 대신, 그 무력을 국가에 지원해야만 하는 책임이 있다.

외적(外敵)의 침입을 막아서는 일은 그 대표적인 의무 중 하나라 할 수 있을 터였다.

그렇다 보니 아무리 대룡문이라 하여도 손과 발이 바쁠 수밖에 없는 노릇이었다.

식량은 부족하고, 외적은 끊임이 없다.

동떨어진 외곽에 박힌 대룡문에게 있어 조금이라도 중원과 가까운 땅은 일생의 꿈이라고 해도 과언이 아니었다. 그리고 북궁소가, 그 꿈의 첫걸음을 내딛는 데 성공했다. 겉으로 표는 내지 않았지만, 자리에 모인 나머지 천하사패 중 세 곳의 수장은 대룡문에 대한 견제를 떠올릴 수밖에 없었다.

황궁의 눈치를 보아서라도 함부로 행동할 수는 없겠지만, 또 일이란 모르는 법.

특히 지금처럼 황궁 내부도 복잡한 시기라면 대룡문이 어디로 튈지 더욱 모르는 일이었다.

결국 천하오패의 세 수장이 과거의 은원을 뒤로 한 채 손을 잡기로 했다.

적의 적은 나의 아군이라.

세 마음이 하나가 되어 있을 무렵이었다.

격동하던 무림에, 커다란 돌 하나가 더 던져졌다.

"이 미친놈들이, 정녕 죽고 싶어 환장을 했구나."

펼친 전서구를 강하게 움켜쥔 채, 양손을 떠는 남소광의 눈에 핏발이 섰다. 최근 가장 거슬렸던 정범, 대룡문 정도는 문제도 아니었다. 형주 곳곳에 백린을 외치는 마도의 종자들이 나타나 기습 공격을 감행한 후 모습을 감추기를 반복하고 있었다. 남도문 내에서도 여러 차례 방비를 해 보았지만 모두 실패, 목숨조차 도외시한 채 자폭하며 달려드는 백린마교의 공격은 무자비했다.

문제는 그러한 상황이 형주에서만 벌어지고 있는 것이 아니라는 사실이었다.

천하구주 전체에 백린마교의 잔당이 들끓고 있었다.

그 수가 어찌나 많은지, 마치 먼 과거 황건적의 봉기를 보는 것만 같을 정도였다.

"이 상태로는 안 된다. 본문으로 돌아가자."

한동안 소림사에 머물며 단우명, 홍염환과 함께 대룡문에 대한 대책을 논의하려던 남소광이 자리를 박차고 일어났다. 옆을 지키고 있던 하선욱이 말없이 뒤를 따랐다. 정범 암살 작전의 실패 이후, 남소광으로부터 신의를 많이 잃은 그로서는 함부로 입을 놀릴 수 없는 상황이었다.

'하나 마음에 걸리는 게 너무나 많구나.'

시기가 너무 절묘하다.

무림대회의 출발에서부터 마도의 봉기, 대룡문의 중원 진출과, 뒤이은 습격까지. 가늠할 수 없는 큰 그림이 그의 머릿속을 무겁게 떠다녔다. 설령 남소광의 신의가 굳건했다 하여도 함부로 입을 열기 힘들 정도였다. 모두가 추측에 불과할 뿐, 무엇도 확신할 수 없으니 말이다.

'아버지라면 명확히 답을 내주셨을까?'

하선욱은 내심 고개를 저었다. 하형운이라면 조금 더 명확한 조각을 맞추었을지 모르나, 마찬가지로 입을 열지는 못했을 것이다. 그는 신중한 군사였다. 나쁘게 말해, 겁이 많았다. 함부로 입을 열기에는 이번 사건의 무게가 너무나 무거웠다.

고민하는 하선욱은, 다급히 옮기던 걸음을 멈춘 남소광의 시선이 어딘가로 고정된 것을 보았다.

소림의 현문 입구에 한 사내가 서 있었다.

가장 먼저 눈에 뜨이는 것은 허리까지 내려오는 검고 긴 수염이다. 두 번째로 눈에 들어온 것은 사내가 입고 있는 붉은 장포였다. 비단으로 만들어진 듯 고운 자태를 자랑하는 장포에는, 황궁에서 반란으로 취급해도 이상하지 않을

용과 호랑이가 금빛 실로 화려하게 수놓아져 있었다. 놀라운 점은 그러한 화려한 모습으로 치장된 사내가 이제 막 이립을 벗어난 젊은 나이로 보인다는 사실이었다.

하선욱은 그 수많은 특징을 조합해, 사내의 정체를 알게 되었다.

'아, 저 사내가 바로…… 북궁단청이로구나!'

천하제일문의 주인.

자타가 공인한 천하제일의 무인.

황제가 인정한 유일의 무인.

수많은 호칭을 등에 업은, 거대한 사내가 사나운 기세를 감추지 않은 채 걸음을 옮긴다. 분명 눈을 어지럽힐 정도로 화려하고, 소박한 소림의 풍취 따위는 단숨에 집어 삼킬 것 같은 사나운 기세가 주변을 감싸고 있지만 어색하지 않다. 그 화려함과, 사나움으로 주변의 모든 것을 굴복시키는 것이 당연해 보이는 모습이다. 아니나 다를까. 세상의 모든 것이 마치 그를 향해 머리를 조아리고 있는 것만 같이 보일 정도였다.

그 모습을 보며, 하선욱은 평생 모셔야 할 주인인 남소광을 보고도 떠올리지 못했던 한 단어를 떠올렸다.

'제왕(帝王).'

진정한 황제, 왕이라면 바로 눈앞의 사내와 같아야만 하지 않을까?

그 누구도 침범할 수 없는 절대(絕代)의 권좌(權座) 위에
선 북궁단청의 시선이 하선욱을 스쳐지나 이윽고 남소광에
달하며 호선(弧線)을 그린다.

"북궁…… 단청."

먼저 입을 연 측은 남소광이었다.

"남도문주로군. 잘 지내셨소?"

물어오는 북궁단청을 향해, 남소광은 감출 수 없는 적의
를 흘렸다.

'더 강해졌구나.'

약 십 년 전 마지막 만남 당시에도, 다른 천하오패의 주
인들에 비해 한 발 앞서 나가 있던 북궁단청이었다. 한데
이제는 비교조차 할 수 없다. 마치 죽지 않는 소림의 노괴
를 보는 기분도 들었다.

'이놈이라면 진짜…… 얼마 안 있어 혼자 마노를 상대할
수 있지 않을까?'

막 싹을 피우기 시작한 정범이 아닌, 그에게 희망을 거는
것이 옳지 않을까? 잠시 떠올렸던 생각을 머릿속에서 지운
남소광의 입가로 비릿한 웃음이 걸렸다.

'둘 다 아니지.'

탐탁지 않다.

누구라도 그의 머리 위에 이렇게 올곧이 서 있는 모습은 역시 싫다. 감출 수 없는 적의가 그 증거다.

"그대가 여기까지 무슨 일이오? 지금 그런 정신이 없을 텐데?"

"딸이 무림대회에서 우승을 했소. 아비 된 자로서 기쁨을 표현하기 위해서라도 한 번쯤은 들러야 하는 것 아니겠소?"

"……."

남소광의 입가로 조소(嘲笑)가 떠올랐다.

다른 누구도 아니고, 저 북궁단청이 자식의 성장을 치하하기 위해 먼 길을 찾아왔다고? 심지어 지금과 같은 때에? 우습지도 않은 이야기다.

'대체 숨겨 놓은 꿍꿍이가 뭐냐.'

천하가 마도의 봉기로 인해 시름을 앓고 있다.

천하오패 중 가장 강하지만, 그만큼 넓은 땅을 보존해야 하는 대룡문으로서도 바쁠 수밖에 없는 때다. 심지어 대룡문은 조금 있으면 양주와 서주 지역 일부에도 영향력을 행사하기 위한 준비로 바쁠 터다. 한데 그 대룡문의 주인인 북궁단청이 소림이라는 먼 길에 직접 나섰다고? 차라리 양민들 사이에 암암리에 떠도는, 거대한 수 제국이 오십 년도 되지 않아 멸망할 것이라는 웃기지도 않은 예언 측이 더 신빙성이 있어 보였다.

하나 남소광이 아무리 눈이 뚫어져라 쳐다본다 한들, 웃음 짓고 있는 북궁단청의 속내를 알 방도는 없었다.

"한데 어디 바삐 가시는 길 아니었소?"

은밀한 움직임이다 보니 대외적으로 큰 준비는 하지 않았지만, 간편하게나마 짐을 꾸린 남소광의 행색은 어딜 보아도 외부로 향하는 모습이었다. 실제로 남소광은 불과 반각 전까지만 하여도, 형주로 돌아가야겠다고 마음을 굳힌 상태였다.

하지만 지금은 마음이 바뀌었다.

"안이 답답해 잠시 산책이나 할 겸 나온 것뿐이었소. 그렇지 않느냐?"

"예. 마침 바람도 선선하니 날이 딱 좋다고 생각했습니다."

갑작스러운 남소광의 계획 변경이었지만, 하선욱은 어렵지 않게 말을 받았다.

"그러셨구려. 하하. 하긴, 그 젊은 친구의 말대로 근래 들어 이만큼 좋은 날씨도 드물었지."

북궁단청은 여유로웠다. 단순히 말이 아니라 뒷짐을 쥔 채, 맑은 밤하늘을 마주하는 행동과 눈빛 모든 곳에서 촉박함이라고는 찾아볼 수 없었다. 마도가 봉기한 지금의 시기를 전혀 느끼지 못하고 있는 것만 같은 모습이다.

"어찌 됐든, 좋은 날이니만큼 즐거운 기분을 만끽해야겠구려. 기회가 되면 또 보지요. 남도문주. 하하!"

큰 웃음을 터트린 북궁단청이 장포를 펄럭이며 등을 돌린다. 그 모습은 어찌 보자면, 젊은 신선을 떠올리게 할 정도다.

'저 사람이?'

잠시, 머릿속에 떠올랐던 생각을 깔끔히 접은 하선욱은 조소(嘲笑)했다. 북궁단청이라는 사내와 신선만큼 거리가 먼 단어는 없을 것이다. 그럼에도 불구하고 잠시나마 둘을 연관시킨 것은 어디까지나 자연스러운 여유로움 때문이다. 하나 북궁단청의 두 눈을 본다면 결코 둘은 어울릴 수 없다는 사실을 확신할 수 있다.

'저걸 고작 욕심(慾心)이라는 단어로 표현할 수 있을까?'

하선욱은 내심 고개를 저었다.

북궁단청의 두 눈에 담긴 감정은 욕심, 야망, 욕망. 그 어떠한 말로도 단언할 수 없을 만큼 거대했다. 세상의 모든 것을 집어삼켜야지만 만족할 것만 같은 그 눈빛은 그야말로 제왕의 눈이다. 신선처럼 보이던 여유로움은 제왕이기에 보일 수 있는 오만이다.

하선욱은 알 수 있었다.

'내 주군은…… 평생 그를 넘을 수 없겠구나.'

남소광은 뛰어난 인물이었다. 천하오패 중 일축의 주인임을 자부할 수 있을 정도의 능력을 가졌다. 하나 북궁단청은 그보다 한 수 위였다.

천하의 주인이 될 재목(材木).

그 사이에는 '하선욱'이라는 군사로 메울 수는 없는 거대한 구렁이 존재했다.

아버지의 명에 따라 처음으로 천하로 나와, 그 높은 벽을 실감한 하선욱의 마음에 큰 구멍이 만들어졌다. 그 무엇으로도 채울 수 없는 텅 빈 가슴에 낙심하는 그를 향해 남소광의 작은 노성(怒聲)이 들려왔다.

"우선은 이곳에 남는다. 놈이 대체 무슨 꿍꿍이를 부리는지 지켜봐야겠어."

"예."

하선욱의 빈 목소리가 되돌아갔다.

*　　　*　　　*

아무런 목적 없는 방문일 리가 없다.

남소광은 북궁단청의 술수를 지켜보겠노라 했다.

그리고 다음 날.

천하오패의 주인 중 사인(四人)을 불러 모은 자리에서 북궁단청은 허심탄회하게 자신의 속내를 털어놓았다.

"임시 무림맹을 건립(建立)하고자 하오."

대수롭지 않게, 가볍게 화두를 던진 북궁단청이 미소 짓는다. 반면 그런 북궁단청을 바라보는 이들의 눈빛은 곱지 않았다. 특히 남소광의 경우에는, 가능만 하다면 당장에라도 그를 태워 죽일 듯한 기세를 불러일으킨 채였다.

'임시 무림맹이라고?'

무림맹(武林盟).

짧지 않은 무림 역사상, 그와 비슷한, 혹은 같은 이름으로 불렸던 단체가 만들어진 적이 몇 있다.

과정과, 구성 인원이야 달랐다지만 그 건립 목적과 단체의 역할은 언제나 같았다.

중원무림을 위협할 만한 큰 적이 있으며, 그들과 싸우기 위해 힘을 합친다.

취지와 역할은 참으로 훌륭하다.

실제로 중원무림은 무림맹이라는 단체를 통해 수많은 외세의 위기를 헤쳐나간 경험이 있었다.

하지만 지금은 과거와 다르다.

"불가(不可)."

기세를 일으키고 있던 남소광이, 가장 먼저 의견을 피력

했다.

"헛소리요. 마도의 봉기가 위협적이라고는 하나 아직은 기껏해야 농민들이 칼과 창, 활을 든 것에 불과하오. 한데 무림맹이라니?"

"그 농민들이 칼과 창, 활을 들었을 때에 무슨 일이 일어났는지는 굳이 더 이야기할 필요도 없겠지요. 남도문주께서 역사에 대해 무지(無智)하지 않는 한 말이오."

북궁단청의 코웃음에, 앉아 있던 자리를 박차고 일어난 남소광이 외쳤다.

"황건적(黃巾賊)과는 엄연히 다르오. 저자들에게는 장씨 형제와 같은 머리가 없지 않소?"

"머리가 아니라 신이 있지. 남도문주는 마신교의 난(難)을 벌써 있었나 보오?"

"저들은 마신교가 아니라 들었소."

남소광을 대신해, 홍염환이 입을 열었다.

그 역시 이번 임시 무림맹 창설이 탐탁지 않기는 마찬가지였다. 그 목적이 문제가 아니다. 중요한 것은 취지다. 어째서 북궁단청이 이 시기에 소림까지 찾아와 임시 무림맹의 건립을 말하는가? 무림대회에 이어 마도의 등장, 그리고 작금에 이르기까지, 확신할 수는 없지만 결코 좋게 생각하기 힘든 냄새가 나고 있었다.

"백린교."

북궁단청의 입에서, 현재 천하를 어지럽히고 있는 마도봉기의 주력 집단의 이름이 드러났다. 놀라운 일은 아니었다. 이 자리에 모인 이들은 각자 일대 지방을 다스리는 주인들. 따지자면 왕(王)과 같은 존재다. 백린교의 이름도 모를 정도로 눈과 귀가 막혀 있지는 않았다.

"그들의 방식은 난폭하고, 규칙이 없소. 그래, 이들뿐이라면 임시 무림맹은 필요로 하지 않겠지. 피해가 있다 한들, 기껏 잡고 있는 권력을 손에서 놓는 것보다는 낫지 않겠소?"

"말이 심하군……, 대룡문주."

캉―!

도를 뽑아든 남소광은 더 이상 적의를 감추지 않았다.

이 자리는 외부에 알려지지 않은 비공식 회의다.

조금 힘을 쓰고, 과격한 모습을 보인다 하여 문제 될 것은 어디에도 없었다. 무엇보다 이 자리에 그의 편은 둘이나 더 있었다. 혼자서는 북궁단청에게 대적할 수 없다. 기분 나쁘지만, 그는 분명한 사실이다. 하나 홍염환과 단우명이 함께라면 이야기가 다르다. 셋이서 북궁단청 하나를 상대하지 못할 것이라는 생각은 들지 않았다.

순식간에 장내의 분위기가 무거워졌다.

도를 뽑아든 남소광은 한 번만 더 헛소리를 하면 언제라도 출수하겠다는 듯 망설임 없이 강기를 피어 올렸다. 그런 남소광을 바라보는 북궁단청의 눈이 호선(弧線)을 그렸다.

　"이거 참, 지금 보니 남도문주께서 오해를 하고 있는 것 같소. 애초에 이 일을 나 혼자서 결정했다고 생각하시는 게요?"

　"뭐?"

　지금 이 자리에 모인 사람 중 셋은 이미 한배를 타기로 결심한 사이다. 대룡문이라는 거대한 적을 상대로 다른 생각을 할 수 있을 것이라는 의심은 들지 않았다. 자연스레 남소광의 뇌리에는 천하오패 중 남은 마지막 하나가 떠올랐다.

　"귀살주(鬼殺州)?"

　귀살주는 천하오패 중 유일무이의 살수 문파다.

　입 바깥으로 내뱉지는 않았지만, 그들이 마음만 먹는다면 황제의 목조차도 벨 수 있다는 사실을 의심하는 이는 그 누구도 없었다. 때문에 가장 신비하고, 가장 은밀하다. 외부의 행사에도 그 모습을 보인 적이 잘 없다. 하나 그렇다고 하여 입을 꿰매고 귀를 닫은 것은 아니었다.

　"우리 귀살주는 대룡문의 임시 무림맹 건립에 찬성하는 바다."

햇빛 속에 그림자가 녹아들 듯, 언제 도착했는지도 모르는 사이 자연스럽게 모습을 드러낸 검은 의복의 사내가 말한다. 칠 척 장신에 새하얀 가면을 쓴 기이한 분위기의 사내를 바라본 남소광의 눈 끝이 떨렸다.

'저놈이 직접 나왔다고?'

다른 천하오패와는 다르게, 귀살주에는 주인이 없다.

그 이름처럼 하나의 마을과 다름없는 귀살주에 속한 인물들은 모두가 평등하며, 한 몸과 같다고 밝힌다. 실제로 그들이 외부 활동을 할 때에는 남녀노소 할 것 없이 같은 복장만을 갖춰 입었다. 모두가 하나이며, 하나가 모두. 귀살주는 바로 그런 곳이었다.

눈앞에 선 장신의 사내는 그러한 귀살주 중에서도 눈에 뜨이는 사내였다.

감정이 없는 것 같은 두 눈과, 새하얀 가면은 다른 귀살주와 다름이 없다.

칠 척 장신임에도 불구하고 그 존재감이 흐릿한 것 역시 마찬가지다.

단 한 가지.

눈앞의 사내가 소수정예라는 백 명의 귀살주 중 단 하나뿐인 천인(天人)이라는 사실이 남소광의 가슴을 무겁게 할 뿐이었다.

"먼 길을 오셨겠구려."

홍염환의 말에, 가볍게 고개를 끄덕인 칠 척 장신의 사내가 다시금 입을 열었다.

"시간을 다투는 일이다. 우리 귀살주에는 사람이 적지."

그제야 남소광은 어째서 그가 이 먼 곳까지 직접 나서 모습을 드러냈는지 알 수 있었다. 귀살주는 가장 작은 땅을 다스리지만, 인원 역시 가장 적다. 아무리 하나, 하나가 다른 천하오패에 비할 바 없는 정예라지만 마도 봉기와 같은 기습적인 사태에 방비하기에는 너무나 좋지 않다. 그들로서는 대룡문과 손을 잡는다는 선택만큼 옳은 판단이 없을 터였다.

'귀살주와 대룡문…….'

남소광의 머리가 빠르게 회전하기 시작했다.

천하오패 중, 둘이 임시 무림맹 건립을 옹호하고 있다.

분명 좋지는 않지만 불리하지도 않은 상황이었다.

아무리 힘으로 압도한다지만, 이쪽은 셋이다. 표를 나눈다면 엄연히 유리한 상황이라고 볼 수 있었다.

그런 상황에, 상상하지 않았던 돌이 던져졌다.

"나도 대룡문주께 한 팔을 들어보지."

"북검문주!"

놀란 홍염환이 소리친다.

남소광 역시 두 눈에 핏발을 세우며 그를 노려보았다.

"아무리 생각해도 말이지. 우리끼리 싸운다고 해도 우선 살고 보아야 하는 이야기 아닌가? 나도 놈들이 신경 쓰여서 미칠 지경이라고. 게다가 마도라는 놈들이 백린교 하나만 있는 게 아니지 않은가?"

단우명의 말대로, 모든 천하오패는 이번 무림대회를 통해 마도라고 지칭할 수 있는 세력을 총 두 곳 발견했다.

그중 하나가 지금 마도 봉기라는 사건을 일으키고 있는 백린교.

모두가 이웃이라는, 어찌 보자면 귀살주와 비슷한 말을 내뱉는 그들은 중원 전체가 하나가 되어야 된다며 과격한 행동을 서슴지 않고 있었다. 지금의 기습 행위 역시, 모두가 하나가 되기 위한 과정이라고 말할 정도니 그야말로 정신병자의 집단이라고 해도 과언이 아닐 터다.

반대되는 중천교의 경우는 실상 이름을 제외하자면 정보가 너무 적었다.

어쩔 수 없었다. 유일한 중천교의 무림대회 참가자였던 기섭이 어느 날 모습을 감추었다. 그 뒤로 중천교는 백린교와 다르게 별다른 행동을 보이지 않고 있다.

처음, 북궁단청이 말하였던 백린교 외의 적(的)이라 볼 수 있는 이들은 바로 그 중천교를 뜻함이었다. 아직 모습을 드러내지는 않았지만, 언제든 칼을 뽑아 들 수 있다. 작금 중원은 백린교 외에도 또 하나의 위협을 품고 있는 셈이다.

"본래라면 무림대회에서 그 싹을 보았을 때 캐내려 했으나, 뜻대로 된 것이 하나도 없으니. 우선은 뭉쳐야 할 때가 아닌가 싶네만."

단우명이 웃으며 남소광을 바라본다.

눈에 핏발이 서다 못해, 온몸을 떨고 있는 남소광의 모습은 그의 입장에 있어 제법 보기 즐거운 구경거리였다.

"대세가 그렇다면…… 더 반대할 수도 없는 노릇이겠지."

당황하던 홍염환이 먼저 손을 놓았다.

흥분하고 소리쳐서 될 것과, 안 될 것을 나눈다면 작금의 상황은 분명 후자다. 이미 천하오패 중 셋이 대룡문의 손을 들었다. 숨을 죽이고 있는 소림, 종남, 모산 등이 나서지 않는 이상 임시 무림맹의 건립은 기정사실화 된 바라고 보아도 무방했다. 남은 변수는 단 하나, 분노를 참지 못하고 있는 남소광이다.

"단우……명."

모인 시선 속, 북검문주의 이름을 읊으며 이를 간 남소광이 뽑아 들었던 도를 다시 집어넣었다. 이후 비틀거리는 걸음으로 의자에 앉은 남소광이 차가운 눈으로 입을 열었다.

"그래. 만들지. 임시 무림맹."

이로써 현재 천하를 운영한다는 다섯 주인이 모두 임시 무림맹의 건립에 동의했다. 그 밑에 무수히 깔린, 수많은 중소문파는 말할 것도 없이 이들과 함께해야 할 수밖에 없으리라. 그렇지 않으면 곧 도태(淘汰)하게 될 테니 말이다.

북궁단청의 입가로 만족스러운 미소가 떠올랐다.

하나, 진짜 싸움은 이제부터였다.

이제 만사를 놓은 듯, 편안하게 몸을 뒤로 젖힌 남소광이 장내를 돌아보며 조소를 흘린다.

"자, 그러면 이제 제일 중요한 이야기를 해야지. 맹주는 누가 할 거냐?"

임시 무림맹의 건립 확정에, 달아올랐던 분위기가 순식간에 차갑게 가라앉았다.

아직 정해진 것은 무엇도 없다지만, 천하오패를 비롯한 수많은 강호의 방파가 모두 모인 것이 임시 무림맹이다. 그 정상에 선다는 의미는 결코 가볍지 않다. 애초에 남소광이 그토록 임시 무림맹 건립을 반대하고 나선 이유도 바로 '맹주'에 관련되어 있었다.

"의견을 제시한 대룡문주?"

남소광의 시선이 북궁단청을 향한다.

의외로 북궁단청은 이번에 먼저 나서지 않았다.

그저 어깨를 으쓱하며 시선을 외면할 뿐이다.

"아니면 북검문주 네가 할 거냐? 패력산장주가? 설마 귀살주 전원한테 맡기자는 건 아닐 테고…… 아, 혹시 내가 해도 되나?"

이미 임시 무림맹의 건립에 동의했지만, 남소광은 이렇게 말하고 있는 셈이었다.

'이래서 안 된다.'

임시 무림맹은 꿈과 같은 이야기일 뿐이다.

아무리 이 이야기에 동의한 이들이라 하여도, 같은 천하오패의 주인인 이상 귀살주를 제외하고는 누군가가 자신의 머리 위에 앉는 것을 원하지는 않을 터다. 물론 함부로 무림맹주 위(位)에 앉겠다고 이야기하는 것도 어렵다. 이 자리에서 순식간에 최소한 세 명의 적을 만드는 셈일 테니 말이다.

"다들 의견이 없는 것 같은데?"

"음…… 나름 생각이 있기는 하오."

남소광의 날카로운 시선이, 뒤늦게 말문을 연 북궁단청을 향했다.

"소림 방장이라면 어떻소? 그분이라면 자격은 충분한 것 같은데."

예상외로 언급된 인물에, 남소광의 눈이 길게 찢어졌다.

'정말 이놈이 무슨 생각을 하는지 알 수가 없구나.'

소림 방장이라면 그 자격은 충분하다.

천하오패에 속하지는 않으나, 긴 무림사에 있어 대표를 자처할 만한 인물이다.

또한 공정성도 가릴 바가 없을 터다.

"한데 그분이 허락하시겠소?"

홍염환이 북궁단청을 향해 물었다.

소림은 잠자는 호랑이다. 비록 천하라는 이름을 걸고 나서지는 않았지만, 가진 바 힘이 부족하지는 않다. 그럼에도 불구하고 숨을 죽이고 있었던 것은, 어디까지나 그들의 목적이 민생의 구제와 열반에 있었던 탓이다. 한데 이제 와서 이런 무거운 일에 나설 것인가? 홍염환의 의문은 실상 이 자리에 모인 모두가 공통적으로 떠올린 부분이었다.

"물어봐야지. 안 되면 어쩔 수 없이…… 그만둬야 하지 않겠소?"

웃음을 보인 북궁단청이 답했다.

＊　　　＊　　　＊

그로부터 칠주야 뒤.

전 무림을 떠들썩하게 할 방문이 천하로 퍼져나갔다.

임시 무림맹 발호(跋扈).

맹주 — 소림 방장.

부맹주 — 대룡문주.

장로 — 남도문주, 패력산장주, 북검문주, 귀살주

대표.

우리 임시 무림맹은 마도의 봉기에 맞서 의기와 협
의로 싸울 것을 약속드리며, 사해 동도들의 응원을
바라겠습니다.

그 내용은 짧았다.

하나 무게감은 결코 만근의 추보다 더하였다.

전 중원이 흔들리고 있었다.

第三章

추마대(追魔隊)

　임시 무림맹의 발호에 전 중원이 떠들썩할 무렵, 굉언 대사의 거처로 돌아온 정범은 천인의 경지에 오르며 급증한 힘을 가다듬고 있었다. 물론, 천인에 올라서부터는 스스로의 길을 개척해야 하니 큰 조언을 들을 수 있는 것은 없었다. 하나, 힘을 가다듬는 방법이 꼭 조언을 통한 수련에만 있는 것은 아니었다.

　오히려 그보다 더 확실한 수련 방법이 존재했다.

　대련.

　온 힘을 쏟아낼 수 있는 상대와의 대련을 통해, 정범은 며칠째 연속으로 한계를 경험하고, 돌파해 내고 있었다.

도움을 줄 이들은 많았다.

자리에 모인 이들 중, 무호를 제외한 둘 모두가 오래 전에 천인이라는 경지를 밟은 이들이었다.

콰과광—!

소림 속에 감추어진 비처(秘處)가 뒤흔들릴 정도의 커다란 굉음이 일었다.

그 속에서 흩날리는 강기를 흩뿌리는 이들은 바로 영 노야와 정범이다.

"제법 늘었구나. 하지만 이제 끝내자꾸나!"

꽤나 즐거운 듯, 입가에 미소를 가득 그린 영 노야의 강기가 둥글게 뭉쳐 환(環)의 형태를 이룬 채 앞으로 쏘아져 나갔다. 무엇이든 벨 수 있다는 강기가, 회전까지 더하여 쏘아지니 그 위력은 말할 필요도 없이 압도적이다. 실상 영 노야에게 투신이라는 별호를 붙여준 능력이 바로 저 강환(罡環)이니, 몇 번이고 그를 정면으로 받으려다 당하고 만 정범이었다.

'오늘에야말로……'

날아오는 강환을 바라보는 정범의 눈이 예리하게 빛났다.

강환은 피할 수 없다. 회피하여도 영 노야의 시선을 따라 쫓아오니, 실상 강기로 만들어진 이기어검이라 해도 과언이 아니다. 때문에 늘 정면으로 받으려 하였으며, 실패하고 쓰러지고 말았다. 하지만 정범도 오늘만큼은 나름 비장의 수를 갖춘 채였다.

"하앗—!"

기합을 내지른 정범의 등 뒤로, 꽂혀 있던 검 세 자루가 동시에 허공으로 튀어 올랐다.

이기어검!

정범이 천인의 경지에 오르며 얻은 전설의 무공이 한 자루가 아닌, 세 자루나 되는 검으로 펼쳐졌다.

"가자."

세 자루 검에 강기를 덧씌운 정범이, 짧게 읊조리며 지면을 박찼다.

동시에 등 뒤로 둥실 떠 있던 세 자루의 검이 화살처럼 직선으로 쏘아져 나갔다.

"일반 강기로는 내 강환을 막을 수 없다!"

놀랍지만, 이미 몇 번이나 보았던 광경에 질린 듯한 표정을 지은 영 노야가 외쳤다. 물론 정범도 그 정도는 알고 있었다.

"이번에는 조금 다를 겁니다."

쉬이익— 콰지직—!

화살처럼 쏘아진 검이, 강환과 부딪치며 반으로 쪼개져

버린다. 그럼에도 불구하고 강환은 압도적인 힘이란 것이 무엇인지 보여주기라도 하듯 조금도 기세를 줄이지 않은 채 정범을 향해 쏘아져 나간다.

이윽고 두 번째, 세 번째 검을 연속으로 쏘아낸 정범도 기세를 줄이지 않은 채 앞으로 뛰쳐나갔다.

이기어검을 사용하며 몸을 못 움직이던 것은 옛 이야기다.

쉬이익—! 콰직—!

두 번째 검이 부러진다. 한데 이전과 결과가 달랐다. 비록 조금이지만 강환의 위력이 약해졌다. 놀란 영 노야가 반응을 보이기도 전, 세 번째 이기어검이 날아들었다.

쒸이익— 콰앙—!

이어진 것은 폭음이었다.

정범의 세 번째 검 역시 박살이 났지만, 강환 역시 사라졌다.

'저놈…… 검을 회전시켰구나!'

마지막 순간, 부서지던 정범의 검을 확인한 영 노야의 등 뒤로 식은땀이 흘렀다. 강환의 위력은 회전에서 나온다. 몇 번이나, 그 공격을 당하며 정범은 생각하고 도전했다. 같은 회전만이 강환을 잡을 수 있다. 하나 강환은 영 노야가 천인에 오르고 나서도 한참 뒤에나 개화시킨 특징. 알려줄 수는 있지만 따라할 수는 없다.

오랜 시간이 지난 뒤라면 모르지만 작금의 정범에게 강환은 무리였다. 때문에 정범은 자신의 특징을 살리기로 했다. 강기를 회전시킬 수는 없지만, 검은 다르다. 어색하기만 하였던 이기어검도, 손에 익으며 자연스럽게 펼쳐지고 있는 상황이었다. 쏘아지는 이기어검이 화살과 같으면, 똑같이 빠른 속도로 회전시키면 될 일이다.

결과는 훌륭했다.

강환을 격파했다.

"드디어 잡았습니다."

정범의 목소리가 영 노야의 등 뒤로 들려온다.

눈앞으로는 언제 숨겨 놓았는지 모를 검이 회전하며 다가온다.

위기다.

'벌써 이렇게까지…….'

대단한 성장이다.

불과 얼마 전까지만 하여도, 자신을 바라보는 것만으로도 힘겨워하던 정범이 이제는 위협을 느끼게 한다. 천인이 된 지 얼마 안 된 시점이라는 것을 생각하면 더욱 놀라운 성장이다.

'정말 가르칠 게 없구나.'

하나, 아직 패배는 이르다.

입가로, 저도 모르게 뿌듯한 미소를 지은 영 노야의 검에서 다시 한 번 강환이 피어올랐다.

쐐에엑—!

바람조차 찢으며, 빠르게 회전하는 강환은 날아오는 정범의 검을 부수며 앞으로 나아간다. 동시에 뒤돌아선 영 노야의 검에서 푸른빛 강기가 길게 뻗어져 나왔다.

"하아앗—!"

이제는 힘과, 힘의 대결이다.

우웃빛 강기와, 푸른빛 강기가 격돌하였다. 큰 진동도, 폭음도 없었다. 겉으로는 비슷해 보였지만, 속사정은 엄연히 달랐다. 맞닿는 순간 우웃빛은 순식간에 푸른빛에 짓눌려 사라졌다.

"쿨럭—!"

공중으로 떠올랐던 정범이 핏물을 흘리며, 바닥으로 추락했다.

순식간에 강기를 거두며, 떨어지는 정범을 품에 안은 영 노야가 웃었다.

"이번엔 제법이었다."

처음으로 강환이 부서졌다.

비록 그 힘을 쓰느라 무리한 탓에 마지막에는 힘도 제대로 쓰지 못할 정도로 정범도 엉망진창이 되었지만, 놀라운 결과였다.

"이번에는…… 이겨 보나 했는데……."

아쉬운 듯, 입가에 미소를 그린 정범이 말했다.

"십 년은 멀었다, 이놈아."

정범의 머리를 가볍게 두들긴 영 노야가 고개를 내저었다.

'말은 그리했지만…….'

앞으로 일 년 뒤는 정말 어찌 될지 모르는 괴물이 품에 있었다.

적어도 그에게 있어서만큼은 희망을 품은 괴물이라는 점이 다행이었다.

*　　　*　　　*

마지막 말을 내뱉은 후, 의식을 잃었다 눈을 뜬 정범은 익숙한 천장을 바라보았다.

'마지막에는 정말 아쉬웠어.'

흐름을 본 이후, 끊임이 없었던 내력이 처음으로 부족했다. 이기어검을 셋이나 부렸으며, 강기까지 끊임없이 사용했으니 당연한 일일지도 몰랐다.

'그래도 내력은 계속해서 늘고 있으니까.'

무한회귀를 벗어난 직후, 가장 부족한 내력을 메우기 위해 만든 동공이 큰 도움이 되고 있었다. 느리지만 꾸준히 단전을 채워 나간다. 근래에 들어서는 마노가 남긴 내력마저 대부분 흡수해 가고 있는 차였다.

'이걸 모두 집어 삼키고 나면 영 노야에게 이길 수 있을까?'

답은 알 수 없다.

실상 정범이 겪은 천인 간의 승부란 종이 몇 장 차이였다. 각자의 실력보다 당시의 환경과 상황, 그날의 몸 상태에도 크게 영향을 받는다. 단지 인간 한계를 넘어 하늘로 날아 오른 천인들이기에 그 영향을 받을 일이 적을 뿐이다. 물론 그렇지 않은 천인들도 아주 가끔씩 존재하기는 했다.

바로 마노와 같은 인물 말이다.

'놈을 천인이라고 부를 수 있는지도 모르겠지만 말이지.'

마노는 모든 것을 비우고, 다시 채운 정범과 비슷한 과다.

인정하고 싶지 않지만, 운명선이 어딘가에서 겹쳐 있다는 사실은 언제 생각해 보아도 부정할 수 없는 부분이었다.

"눈 뜨자마자 승부에 대한 생각이냐?"

그런 정범의 옆으로 홀연히 나타난 영 노야가 헛웃음을 흘리며 물었다.

"그래야 마노를 이기지요."

"좋은 생각이다. 하지만 그 전에, 해야 할 일이 생긴 것 같다."

"해야 할 일요?"

"대사께서 찾으신다. 자세한 이야기는 나가서 들어봐라."

가볍게 몸을 일으킨 정범이 고개를 주억였다.

천인이 된 이후 확실히 몸의 능력 자체가 비약적으로 달라졌다. 물론 지금과 같은 비이상적인 회복력에는 나름의 비밀이 존재하기는 했다. 이기어검과 같이, 천인이라 하여 모두 정범과 같은 특징을 지니고 있지는 않았다.

오히려 각자의 개성이 더욱 뚜렷해지는 편이다.

양 팔을 뻗어 오랜 시간 누워 있느라 굳어 있던 몸을 가볍게 풀어 헤친 정범이 영 노야를 따라 바깥을 나섰다. 방금 전 까지 누군가와 대화를 나누었던 것인지, 마당에 준비한 작은 마루 위에 올린 차에서는 아직 따뜻한 김이 올라오고 있었다.

"찾으셨다고 들었습니다."

"우선 앉으시게."

정범을 바라본 굉언이, 자애로운 미소를 지으며 말한다.

"그래요, 여래신공은 어떻습니까?"

마주 보고 앉은 굉언이, 첫 질문을 던졌다.

'여래제마심공⋯⋯.'

무한회귀 속에서, 미쳐가던 정범을 구해준 굉언이 남긴 선물.

이제는 알고 있었다.

여래제마심공은 위험한 독이 될 수도 있는 선물이었다.

삼킨 당시는 약이었지만, 조금만 틀어졌어도 정범은 무한회귀 속에서 영원한 죽음이라는 끔찍한 지옥에 갇혔을 터였다. 하나 다행히 정범은 여래제마심공을 통해 자리를 잡았고, 선물을 온건히 받아들일 수 있었다.

그리고 천인에 오르며 한 가지 변화를 더 얻었다.

눈을 감은 정범이, 고요히 집중하자 아지랑이와 같은 황금빛 기운이 전신에서 피어올랐다.

"소성이라 함은 벌써 절반이라⋯⋯ 아미타불. 부처님의 은덕이 큰 지고."

그 모습을 본 굉언의 입가로 흡족한 미소가 흘렀다.

본래 여래제마심공은 마를 잡기 위해 만들어진, 심공(心功)이다. 중요한 것은 그러한 여래제마심공의 근원이 바로 소림이 자랑하는 달마신공(達摩神功)이라는 점이었다. 그래서일까? 아니면 소림에서 만든 제약단과 해약의 효과일까? 어쩌면 숭산이 전해 준 은혜일지도 모른다.

천인에 오른 이후, 정범의 몸속을 보호하고 있던 여래제마심공의 힘이 크게 증가해 마치 내공심법과 같은 형태로 변환되어 정범의 혈도 곳곳에 퍼져 나갔다. 특징은 원류인 달마신공과 같은 황금빛 기운이다.

실상 이 힘은 내력처럼 끌어내어 사용할 수는 없는 힘이었다. 하지만 그 어떠한 외공보다도 정범의 몸을 단단하고, 강인하게 만든다. 일전에 보였던 비이상적인 회복력 역시 이 여래제마심공 덕이었다. 곧장 강력한 힘을 보이는 것은 아니지만, 모든 무공의 기반이 되는 육체를 강화 시켜주는 것만으로도 대단하다. 한데 그뿐이 아니라 여래제마심공의 특징을 그대로 가져와 모든 마(魔)를 뿌리치고 베어내는 힘을 가졌으니 신공(神功)이라 부르기에 부족함이 없다.

굉언은 정범의 특이한 여래제마심공의 발현을 여래신공(如來神功)이라 지칭하였다. 또한 예측하기를, 대성한다면 이기어검에 이어 또 다른 전설인 금강불괴를 이룰지도 모른다고 하였다.

정범은 우연으로 얻은 산물로서는 과하다고 생각했다.

반면 굉언과 영 노야의 생각은 달랐다.

그 무시무시한 마노도 몇 번이고 죽을 뻔한 위기는 존재했다. 아무리 강대한 존재라 하여도 지속되는 공격에, 약점까지 노출되니 당연한 일이다. 정범에게와 같이, 방심해서 당한 적도 많았다. 하지만 언제나 그렇듯 마노는 살아서 돌아왔다. 그때마다 조금씩 약해지기도, 강해지기도 하였지만 어찌 되었든 겪는 입장에서는 불사자(不死者)와 싸우는 기분이다. 그런 적과 싸워야 되는 정범에게 여래신공의 발현은 과한 선물이라 보기 힘들다는 것이 두 사람의 공통된 의견이었다.

"진척이 생각보다 느립니다. 소성도 천인이 될 때 폭발한 힘이 급증해서 간신히 닿은 느낌이고요."

"부처님의 뜻이 있다면, 언제고 닿지 않겠습니까. 아미타불."

정범의 머쓱한 웃음에, 합장하며 미소를 지은 굉언이 다시금 말문을 연다.

"그나저나, 처음 제안에 대해서는 생각해 보셨는지요?"

"아, 비무림 말씀이십니까?"

굉언이 고개를 주억였다.

천인이 된 정범에게는 모든 조건이 충족되었다.

때문에 굉언은 더 이상 스스럼없이 정범에게 모든 것을 털어놓을 수 있었다. 마노의 비사에 이어, 비무림의 존재, 그 의미, 현재의 상황까지 모든 것을 말이다. 또한 모든 천인에게 그렇듯 가입을 권유했다. 강제적인 것은 아니니, 선택은 정범에게 맡긴 채 말이다.

"당연히 저도 몸담겠습니다."

굉언은 며칠의 말미를 주었지만, 정범은 처음부터 큰 고민을 하지 않았다.

애초에 비무림의 목적은 단 하나뿐이다.

마노의 척결.

이는 당장 정범의 목표이기도 했다.

하니 거슬릴 것이 없다.

본래에는 대중 앞에서는 힘을 제약하는 부분이 있었지만, 무림대회 이후 마도가 봉기하며 그조차도 사라졌다. 숨어 있던 마도가 모습을 드러냈다. 그렇다면 비무림 역시 지금까지와 다르게 적극적으로 활동해야 할 필요가 있기 때문이었다.

게다가 마노에 관한 것이라면 같은 비무림 내의 인원끼리 협력을 요청할 수도 있다. 실질적인 힘을 가지고 있는 것이 아니기에 제약도 크지 않으며, 마노와의 싸움에서 큰 도움이 될 수 있다.

이 두 가지만 생각하여도 정범에게 있어 비무림의 가입은 오히려 이득이었다.

사실 그 모든 걸 제외하고서라도, 이미 비무림으로부터 정범이 받은 것이 너무 많았다. 애초에 눈앞의 굉언 본인이 바로 그 비무림의 수장 아니던가?

"아미타불. 정 시주와 같은 인물이 뜻을 함께하니, 참 큰 축복입니다."

정범이 허락하자, 굉언의 품에서부터 붉은 실이 세 가닥 매달린 나무패가 나타났다. 큰 특징은 없었다. 눈에도 뜨이지 않았다. 오로지 한 가운데에 적힌 비(秘)라는 글자만이 이 초라한 명패가 비무림의 상징임을 알게 해주었다.

이 패를 잡아, 품에 갈무리하는 순간 소림을 통해 정범이 비무림에 가입되었다는 소식이 또 다른 회원들에게 전해진다. 전서구만큼 빠르지는 않지만, 비밀을 보장할 수 있는 안전한 방법을 통해 소식이 전해지며, 정범은 비무림의 도움을 받을 수 있게 되는 것이다.

"감사합니다. 결코 남용하지 않도록 하겠습니다."

정범은 망설이지 않고 그 패를 집으며 말했다.

마노를 척결하기 위해서라는 명분을 이용한다면, 그 무엇보다도 위험하게 사용될 수 있는 것이 바로 이 비무림의 패다. 때문에 그 패의 가치를 명확히 알고, 조심해서 다루어야만 한다. 제 사사로운 욕심을 위해 사용하는 것은 당연히 엄금이었다.

"믿고 있습니다. 하면 이 부분은 넘어가고 이제 본론으로 들어가야겠군요."

그러고 보니, 따로 할 말이 있다고 하였다.

문득 정범의 시선이 이제 막 김이 사라진 찻잔을 향했다.

"그 남은 차의 주인이 찾아 와서 그러더군요. 임시 무림 맹을 만들었다고."

"임시 무림맹? 무림연합군 비슷한 겁니까?"

"비슷한 게 아니라, 완전히 같은 거더구나."

듣고 있던 영 노야가, 혀를 차며 말했다.

"마도의 봉기에 맞서 천하오패와 무수히 많은 무림 방파가 하나로 합쳤습니다. 조금 더 효율적으로 막기 위해서라고는 하는데……."

굉언이 묘한 표정을 지은 채 말끝을 흐렸다.

"어찌 됐든, 그쪽에서 부맹주직을 맡은 친구가 정 시주를 알고 있더군요."

"그렇습니까?"

"예. 한 번 뵙고 싶다고 하더군요. 아마 정 시주도 아는 사람일 겁니다."

정범이 고개를 갸웃거렸다.

자신이 아는 사람 중에 듣기만 해도 진흙탕과 다를 바 없을 것 같은 임시 무림맹이란 곳의 부맹주 자리를 역임할 사람이 있던가? 선뜻 떠오르지는 않았다.

"대룡문주. 북궁단청 그놈, 정말 많이도 컸더구나."

잠시 후, 영 노야의 입에서 나온 이야기에 정범의 눈이 화등잔만 하게 커졌다.

대룡문주란 직함보다, 그 이름에 놀란 탓이다.

"북궁단청."

북궁소의 아버지.

정범도 궁금했다.

한 번 쯤 꼭 만나보고 싶은 인물이었다.

놀라는 정범을 향해, 차를 한 모금 마신 굉언이 물었다.

"정 시주가 불편하다면 제가 정중히 거절하도록 하겠습니다. 아직 수련 중이기도 하시니……."

"아뇨."

정범이 단호히 답했다.

"만나보겠습니다."

"……아미타불."

굉언이 고개를 주억였다.

*   *   *

무림대회가 끝난 직후, 굉언의 비처로 향하기 전 정범은 북궁소를 찾았다.

하지만 찾을 수 없었다.

북궁소는 마치 감쪽같이, 처음부터 그 자리에 없었던 것처럼 완전히 사라졌다.

남긴 말조차 없었다.

혼란스러운 정범은 초우와 소용군 등에게 그녀의 소식을 물었다. 어디에도 흔적을 남기지 않은 탓에, 모두가 고개를 내저었다. 당황하는 정범에게 전해진 것은 망설이던 휘설연의 한마디 말이었다.

'그녀를 알고 싶다면, 북궁단청을 만나라.'

이름을 들어 본 적은 몇 없다.

하나 그 직함만큼은 중원을 떠들썩하게 하고 있음을 안다.

대룡문주.

공표된 천하제일의 무인.

휘설연이 어째서 그를 언급했는지는 모른다.

하나 한 가지쯤은 알 수 있었다.

'북궁 소저의 비밀이 그에게 있구나.'

정범도 바보는 아니었다. 또한 눈치가 없지도 않다. 북궁소는 언제나 어깨에 짐을 지고 있었다.

마치 죽어야만 하는 사람처럼 살아가고 있다.

정범을 만날 때에는 그 표정이 많이 옅어지고는 했었지만, 모두 사라진 적은 단 한 번도 없었다. 알고 싶었지만, 감히 그 무게를 짐작할 수 없어 묻어두어야만 했던 진실이 바로 북궁단청에게 있다. 때문에 정범은 기회가 된다면 꼭 북궁단청을 만나야겠다고 생각했다.

그를 알면, 북궁소에 대해 알게 될 것만 같다.

한데 기회가 생각보다 빨리 찾아왔다.

지금 그 북궁단청이 소림에 있다고 한다.

심지어 본인이 정범을 찾았다.

정범은 망설임 없이 굉언의 비처를 떠나 북궁단청에게 향했다. 소룡촌 인근에 임시 무림맹 장원을 사들여 자리 잡은 그를 찾아가는 것은 어렵지 않았다. 하나, 예상과 다르게 바로 북궁단청을 만나지는 못했다.

급하게 구한 것치고는 생각보다 큰 장원에 도착한 정범은 신원과 목적을 밝혔으나, 현재는 북궁단청이 자리를 비운 상태였다. 임시 무림맹 건립 건으로 일이 많으니 어쩔 수 없는 노릇이었다. 임시 무림맹 입장에서도 손님의 자격으로 온 정범을 곧바로 내쫓지는 않았다. 오히려 북궁단청이 도착할 때까지 머물 수 있는 방과 수련장을 따로 내어줄 정도였다. 어찌 됐든 북궁단청을 보러 온 정범의 입장에서도 거절할 일은 아니었다.

"여기가 비천검 대협께서 머무실 방입니다."

장원 시비의 말에, 혼자 쓰기에는 부담스러울 정도로 넓은 방을 멍하니 바라본 정범이 고개를 저었다.

"너무 큽니다. 저 혼자 있기에는 이 반의 반도 안 필요한

데……, 방을 바꿔주실 수 있겠습니까?"

정범과 같은 말을 하는 이는 생각지도 못했던 것일까?

시비의 얼굴에 잠시 당황이 어렸다.

"저…… 그게……."

"어렵습니까?"

시비의 얼굴에 곤혹이 어렸다.

그녀의 업무는 단순한 안내다. 맹의 손님방을 함부로 바꾸거나 할 권리는 없었다. 경험 많은 시비였다면 상부에 보고를 드리겠다고 말했겠지만, 아쉽게도 그녀는 장원을 구입할 때 당시에 고용한 신입이었다. 다행인 점은 그런 시비를 구해줄 인물도 주변에 존재했다는 사실이었다.

"안녕하십니까. 만나서 반갑습니다. 비천검 대협."

갑작스러운 인사에, 고개를 돌려 처음 보는 사내를 바라본 정범은 내심 놀랐다.

'녹발, 녹안이라니…….'

말로만 듣던 색목인이다.

그리 생각한 정범의 눈에 호기심이 깃들었다.

"소문의 비천검 대협이시지요? 본인은 제갈우현라고 합니다. 어쭙잖게 이번 임시 무림맹의 군사 역할로 초빙되었지요."

"제갈?"

순수하게 색목인이라고만 생각했던 정범이 의문을 표했다.

중원 땅에 태어나 '제갈'이라는 성을 모르기는 힘들다.

영웅들이 할거하였던 그 위대한 시대에서도, 눈에 뜨이는 인물이 바로 그 성씨의 주인공이었으니 말이다.

"하하, 생김새가 이래서 자주 오해를 받습니다만, 엄연한 중원인입니다."

"허……."

"가문 특유의 심법 탓인데, 아차……. 이게 중요한 게 아니지. 어찌 됐든 비천검 대협께 큰 방을 내어 드린 건 임시 무림맹의 입장이 있기 때문입니다."

약간은 횡설수설하듯 말을 흘린 제갈우현이 어딘지 모르게 헤픈 웃음을 흘려 보인다. 실상, 도저히 그 제갈 가(家)의 후손이라고는 생각되지 않는 모습이었다. 하나 정범은 눈앞의 제갈우현을 업신여길 수 없었다.

'굉언 대사님의 비처를 만든 것도 제갈가의 사람이라고 했지?'

어쩌면 이 눈앞에 있는 색목인을 닮은 기묘한 청년이 그 주인공일지도 모른다. 사실이라면, 정범은 생각지도 못하는 또 다른 영역에 들어선 달인 혹은 천인이라 불러도 부족함이 없을 터였다.

"임시 무림맹의 입장이라 하셨습니까?"

하지만 이 부분만큼은 쉽게 이해를 할 수 없었다.

자신에게 방을 내어주는 것이 어찌 임시 무림맹의 입장까지 들먹여야 된다는 이야기란 말인가? 적어도 정범의 상식 하에 그런 경우는 없었다.

"예. 현재 비천검 대협의 명성은 강호를 쟁쟁하게 울리고 있습니다. 젊은 신성(新星)이 나타났다는 이야기서부터, 조금 더 간 분들은 다음 대의 천하제일인의 등장이라는 말까지 서슴없이 하고 있지요."

젊은 신성까지도 과하다.

한데 다음 대 천하제일이라니?

단 한 번도 자신을 그리 생각해 본 적 없는 정범의 입가로 헛웃음이 떠올랐다.

"영웅의 표상이신 셈이지요. 그런 분을 홀대했다는 소문이라도 돌았다가는 임시 무림맹도 난처해집니다."

제갈우현이 눈웃음을 짓게 그리며 말했다.

'안 어울리는 옷을 입은 기분이로군.'

여러모로, 익숙하지 않다. 영웅이니, 신성이니, 무림대회 이후 조금 알려졌을 것이라고는 생각했지만 너무했다.

"부담되는군요."

"……? 이상하군요."

정범이 어색한 웃음을 지으며 말하자, 턱 끝에 손을 얹은 제갈우현이 고개를 갸웃거렸다.

"이상합니까?"

"보통 강호의 인물이라 함은 자신의 명성이 높고, 대우를 받는 것을 즐기는 편이니까요."

"제 생각에는 오히려 그런 고정 관념이 이상해 보이는군요."

"음……."

정범의 말에, 볼을 살짝 긁은 제갈우현이 고개를 주억였다.

"고정 관념이라…… 이것 참, 하핫! 제 알량한 경험으로 비천검 대협을 불편하게 만들어버렸군요."

"사실 그 대협이라는 말도 버겁습니다."

그나마 익숙해졌다고 생각했는데, 막상 들을 때마다 마음 한편이 뜨끔하다. 그런 정범을 보며, 묘한 눈빛을 빛낸 제갈우현이 턱 끝에 손을 올린 채 곰곰이 생각에 빠졌다.

"그나저나 대협께서 만족하실 만한 방이라…… 마땅할 게 뭐가 있더라."

얼마 가지 않아, 양손을 부딪쳐 박수 소리를 낸 제갈우현의 눈이 반짝 빛났다.

"아, 있다. 한데 거기는 조금 그런가?"

"어떤 곳입니까?"

고민하는 제갈우현을 향해 정범이 물었다.

"사실 이 장원 외곽 문 바깥으로는 별장(別莊)이 존재합니다. 별장이라지만 엄청난 건 아니고, 사실 조금 누추합니다. 작기도 작고요. 그뿐이면 괜찮은데…… 밤에 그 주변으로는 유령이 나온다는 소문이……."

"제갈 군사는 그런 존재를 믿으십니까?"

제갈 가문이라 하면, 이론적이고, 박학다식함으로 유명하다. 눈앞의 제갈우현 역시 어딘지 모르게 맹해 보인다고는 해도 무림맹의 군사로 초빙될 정도면 결코 적지 않은 지식과 지혜를 가지고 있을 터였다. 한데 유령이라니? 농가에서 자란 본인조차도 쉬이 믿지 않는 것을 운운하는 그를 보며 정범의 입가로 미소가 떠올랐다.

"사람이 죽으면 혼이 빠져나갈진대, 그러면 유령이 되는 것 아니겠습니까. 으으, 무서워라."

"……."

"어쨌든, 비천검 대협께 그런 방을 드리는 건 아닌 것 같고……."

"괜찮습니다."

"예?"

"저는 유령 같은 건 믿지 않으니까요."

당당한 정범의 말에, 잠시 놀란 눈을 한 제갈우현이 제자리에서 팔짝 뛰었다.

"이것 참, 그렇다면 다행입니다!"

순수한 모습으로, 기쁨을 표현한 제갈우현이 시비를 향해 말했다.

"비천검 대협께서 괜찮다고 하시니 별장으로 안내해드리세요. 참, 모심에 있어 소홀함이 없어야 할 겁니다."

"네, 네……."

창백한 얼굴이 된, 정범의 담당 시비가 힘겹게 말문을 열었다.

어찌 됐든 유령이 나온다 하지 않는가?

그녀는 유령을 믿는 편이었다.

*　　　*　　　*

정범은 단언컨대, 유령을 믿지 않았다.

아니, 굉언 대사에게는 미안하지만 솔직히 말해 일종의 미신에 관련된 것은 모두 믿지 않는 편에 속했다. 확실히, 일반 농가에서 자란 것치고는 독특한 성격이라 할 수 있었다.

"유령이라……."

호롱불 하나 놓은 작은 방에 누운 정범의 입가로 웃음이
흘렀다.

"진짜 존재한다면, 나올 법도 한 분위기로군."

말이 별장이지, 실제로는 아니라고 했던가?

그 말이 딱 맞았다.

장원 외곽에 위치한 개구멍 같은 문을 지나 도착한 곳은
좋게 보자면 비처를 떠올리게도 했다. 하나 어딘지 모르게
감도는 음산한 분위기와, 강풍이 불면 당장에라도 무너질
것 같은 작은 초가집은 정범으로서도 여러 가지 생각을 할
수밖에 없게 만들었다.

그렇다고 하여 불평을 늘어놓고 싶은 심정은 아니었다.

작은 초가집은 지붕이라도 있으니 노숙보다는 낫다.

으스스한 분위기가 흐른다고는 하지만 누군지 모를 살수
가 끊임없이 쫓아다닐 때에 비하자면 위협적이라는 생각도
안 들었다.

"사람이 등 편히 누워 잘 자리만 있으면 되는 법이지."

혼잣말을 읊조린 후, 은은히 감돌던 호롱불마저 꺼버린
정범의 눈이 천천히 감겼다.

'내일쯤이면 볼 수 있다고 하였던가?'

저녁쯤에 시비를 통해 전해진 소식으로는, 내일 오후면
북궁단청과 만날 수 있다고 하였다. 운이 좋아 생각보다 빨

리 복귀하게 되었다는 덕이다.

'다행이로군.'

머릿속은 순식간에 북궁단청과의 만남에 대한 생각으로 가득 찼다. 생각이 많다 보니, 잠을 이루기가 어려웠다. 게다가 하루쯤 밤을 새운다고 하여 문제가 생기지도 않는다. 결국 정범은 몸을 일으켰다.

'차라리 수련을 하자.'

생각이 많아 봐야 직접 만나서 부딪치기 전에는 의미가 없다. 잠이 오지 않는다면 땀을 조금 흘리는 것도 나쁘지 않으리라.

드르륵—!

마음만 먹었을 뿐인데, 방문이 활짝 열렸다.

"음……?"

잠시, 벌써 자신의 경지가 생각이 따르는 대로 세상을 움직일 수 있는 곳까지 도달했나, 라는 얼토당토않은 생각을 했던 정범의 얼굴이 살짝 굳어졌다.

"유령?"

내뱉은 말에 화답이라도 하는 것일까?

휘이잉—!

갑작스럽게 방 내부로 차가운 바람이 찾아왔다.

"허허…… 이것 참."

눈앞에 아무것도 보이지는 않지만, 느낌이 묘하다.

게다가 조금 전부터 알 수 없는 압박감이 전신을 조여 오고 있었다.

"진짜 유령이란 말인가?"

스스럼없이 몸을 일으켜, 방 바깥으로 나선 정범의 눈이 주변을 훑었다.

스스슥―!

갑작스럽게 주변의 나무와 풀이 날카로운 움직임을 보였다. 하나 기척에 감지되는 것도, 눈에 보이는 바도 없다.

이히히히―!

잠시 후에는 이윽고, 괴상한 웃음소리까지 이곳저곳에서 울려 퍼졌다.

'사람의 장난이라고 보기에는 기묘하기 짝이 없구나!'

처음으로, 정녕 유령이라는 것이 존재할지도 모른다고 생각한 정범이 양미간을 곱게 모은 후, 천천히 여래신공의 기운을 끌어올렸다.

"네가 정녕 유령이라면, 사람을 괴롭히는 것으로 보아 악령이겠지."

악령은 마다.

확정할 수는 없지만, 여래신공에 닿는다면 정체를 드러내거나 소멸할 수밖에 없을 터다. 정범은 악령이 사람에게 피해를 준다면 그렇게 해서라도 내쫓아 낼 용의가 충분히 있었다. 실제로, 여래신공을 끌어올리기 시작한 이후 주변의 풍경이 조금씩 변하기 시작했다. 어딘지 모르게 일그러지고, 마구잡이로 뒤틀린다.

이히히히─!

쐐에에엑─!

웃음소리는 더욱 거칠어지고, 바람은 살을 엘 듯 날카롭게 다가왔다.

"갈!"

여래신공의 힘과 함께, 본신 내력까지 함께 끌어올린 정범이 준엄한 목소리를 내뱉었다.

동시였다.

챙─!

무언가가 깨지는 것만 같은 소리와 함께, 마구잡이로 날뛰던 주변의 풍경이 본래의 모습을 되찾았다.

더 이상 바람도, 유령의 목소리도 들리지 않았다.

"사라진 건가?"

잠시, 잔잔해진 주변을 더 둘러보던 정범이 천천히 내력을 가라앉혔다. 어깨를 누르던 중압감과 기이한 기운이 모두 사라졌다. 지나고 나니 새삼스레, 그 기운이 유달리 불쾌한 마기를 닮아 있었다는 기분도 들었다.

"악령과 마는 상통하는가……."

처음으로 만나 본 유령이란 존재에, 놀란 정범이 헛웃음을 흘리며 혼잣말을 흘렸다.

어찌 됐든 그의 입장에서는 미신이라 볼 수 있는 존재를 처음으로 믿어 보게끔 된 사건이었다.

$$*\qquad*\qquad*$$

쩌적, 챙—!

제갈우현이 잡고 있던 거울에 금이 가는가 싶더니, 단숨에 깨져버렸다. 그 모습을 조금은 멍한 눈빛으로 바라보던 그의 입가로 만족한 미소가 떠올랐다.

"본성이 대담하여 두려움이 없고, 심지가 곧다. 게다가 어둠을 상대함에 있어 한 치 양보가 없구나. 어떠한가, 군사가 보기에는 내가 찾던 사람이 맞는가?"

등 뒤로부터 들려온 목소리에, 고개를 돌려 미소를 보인 제갈우현이 고개를 끄덕였다.

"예. 이 사람이라면 분명히 해낼 수 있을 겁니다."

제갈우현이, 어느 때보다 확신에 찬 목소리로 답했다.

등 뒤에 앉아 결과를 기다리던 사내, 북궁단청의 입장에서는 기꺼운 일이다.

"잘됐군. 이로써 추마대를 완성할 수 있겠어."

만족의 미소를 흘린 그가 자리에서 일어났다.

"내일 오전에 곧바로 자리를 마련해 주시게."

"알겠습니다."

미소를 지은 제갈우현이 답한 순간, 북궁단청의 신영은 처음부터 자리에 없었다는 듯 홀연히 사라졌다.

홀로 남은 제갈우현은 깨진 거울을 들어 신비로운 녹안에 기묘한 감정을 흘렸다.

"비천검 정범이라……."

얼마 전부터 무림을 울리고 있는 이름을, 혀에 감아 삼킨 제갈우현의 입가로 북궁단청이 보지 못한 짙은 미소가 떠올랐다.

* * *

정범은 할 이야기가 정말로 많았다. 만나게 되면, 따지듯이 물을 자신도 있었다. 하나 현실은 조금 아니, 많이 달랐다.

이른 오전.

북궁단청과의 짧은 자리를 끝낸 정범은 방금 전까지의 만남을 떠올렸다.

분명 평상에 앉아 마주보고 있었거늘, 아래에 짓눌려 있는 것 같은 묘한 자리였다. 정확하게 말하자면 자리가 아니었다. 사람이 그러했다. 북궁단청은 오롯이 홀로 가장 높은 곳에 선 인물이었다. 오만하다는 말이 어울리지 않을 정도로, 본질(本質)이 정상에 자리한 인물. 지배자가 갖추어야 할 위엄이라는 것을 전신에 두른 이를 정범은 처음으로 보았다.

때문일까, 정범은 태어나서 단 한 번도 하지 않았던 불경한 생각까지 떠올렸다.

'황제 폐하께서 저러하실까?'

고개를 내저어, 곧바로 생각을 떨쳐 낸 정범이 자신의 뺨을 가볍게 때렸다.

"얼토당토않다."

아무리 대단한 인물이라 하여도, 천자(天子)와 비교할 수는 없는 법이다. 생각해서도 아니 된다. 빠르게 마음을 정리한 정범은 곧 그의 첫인상을 지나, 대화 내용을 떠올렸다.

'추마대……'

임시 무림맹의 목적은 단순히 방어가 아니다.

오히려 이참에 역습을 가해 마도의 뿌리를 뽑는 것이 목표라 하였다.

그리고 그 중심에는 바로 추마대가 있었다.

북궁단청은 정범에게 그러한 추마대의 부대주라는 직위를 권했다. 궁금한 것은 대주인 북궁소에게 물으면 된다는 말을 덧붙였다. 덕분에, 고민하던 정범의 마음에 확신이 생겼다.

'그녀가 이곳에 있다고?'

흔적도 없이 사라진 줄로만 알았던 북궁소가, 여전히 소룡촌 근처에 남아 있었다.

심지어 추마대라는 조직의 가장 선봉에 섰다.

'대룡문주는 나를 알고 있었구나.'

뒤늦게야 정범은 자신이 안일했음을 깨달았다. 북궁단청은 그를 잘 알고 있었다. 반면 정범은 북궁단청을 몰랐다. 애초부터 정범은 그의 권유를 거절하기 힘든 상황에 처해 있었다.

'추마대…… 추마대라…….'

생각해 보면 나쁠 것도 없었다.

영 노야가 마노를 추격하던 당시, 그를 돕던 마도의 무리가 있었다고 했다. 추마대에 몸담아 흔적을 쫓다 보면, 마노와 만날 수 있다. 지금이라면 마노 역시 모든 힘을 회복하지는 못했을 터였다.

'어쩌면 지금이 적기일 수도 있겠군.'

천인이 됨으로써, 정범은 이전과 비할 바 없는 비약적인 성장을 거두었다. 마노로서는 전혀 예측하지 못한 부분일 터다. 그렇다면 추마대는 정범에게 기회가 될 수도 있다.

뿔뿔이 흩어져 있는 비무림보다는, 임시 무림맹 측의 정보 전달이 더 빠를 테니 말이다.

'문제는 행동인데……'

임시 무림맹은 척 보아도 아직은 부실한 조직이다.

정확하게 말하자면, 임시라는 단어를 단 것치고는 어마어마하지만 그 속사정이 결코 쉽지 않다.

천하오패.

드넓은 강호를 떵떵거리던 다섯이 뭉쳤다.

아무리 맹주가 있다 하여도 사공이 많으니 배가 손쉽게 움직이지는 못할 터였다.

'조건을 걸어야겠군.'

이미 마음은 수긍하였지만, 조금만 생각할 시간을 달라고 말하였던 정범이 결정을 내렸다.

추마대에 들어간다.

단, 독립활동을 할 수 있는 권한을 얻어낸다.

명령에 따라서만 움직여서는 놓칠 수도 있는 것이 너무 많았다.

마지막까지 짧은 고민이 있었지만, 결정을 하고 나니 마음이 제법 편했다.

만약 임시 무림맹 측에서 제안을 받아들이지 않는다면 애초에 추마대에도 들어가지 않으면 될 일이다.

'북궁 소저가 어디 있는지는 알았어.'

만나서야 알았다.

무엇을 묻든, 북궁단청은 어렵지 않게 대답할 터다.

그 사실이 오히려 정범의 입을 무겁게 만들었다.

꼭 들어야 한다면 그가 아닌 북궁소에게 들어야 한다.

일종의 직감과 다름없는 느낌을 확신한 정범은 빠른 걸음을 옮겨 추마대의 처소로 향했다. 이미 북궁단청에게 길을 물어 놓은 터라 걸음에는 막힘이 없었다.

"음……?"

추마대의 임시 거처로 사용되고 있는 건물 입구에 도착한 정범은 짧은 신음을 흘렸다.

쾅―!

동시에 폭음이 울렸다. 방금 전까지 정범이 서 있던 자리로는 건장한 몸을 한 사내 하나가 날아와 바닥을 구르고 있었다.

'벌써 추마대 인원이 제법 뽑혔다고 하더니…….'

반가운 얼굴이 바닥을 구르고 있다.

이 상황을 반갑다고 해야 될지는 모르겠지만 말이다.

"크으으…… 아프군. 어, 당신은?"

상대 역시 정범을 알아보았는지 곧장 아는 체를 해왔다.

"오랜만입니다. 화 대협."

"이야, 여기서 보니 반갑구먼. 아, 근데 잠깐, 내가 이럴 때가……."

짙은 눈썹을 꿈틀거리며, 반가움을 표시하던 흑미도 화평이 놀란 눈을 하며 시선을 허공으로 옮겼다.

아니나 다를까, 붉은 옷을 입은 소동(小童)이 빛살처럼 날아 화평의 턱 끝에 무릎을 박아 넣는다.

"아악, 내 턱!"

비명을 지르며, 바닥을 구르는 화평의 앞에 당당히 선 소동이 코웃음을 쳤다.

"그러게 상대를 가려 말을 했어야지. 어린놈이 함부로 혀를 내두르니 그런 꼴이 나는 게다."

이제 갓 열 살이나 되었을 법한 소동이 그런 말을 하니 의아한 느낌도 든다. 하나 막상 정면에서 그의 얼굴을 마주하면 방금 전까지 했던 생각은 쏙 들어간다. 체구와 체형은 영락없는 어린아이의 그것인데, 얼굴에는 장년(長年)을 훨씬 넘어간 세월의 흔적이 가득하다. 어울리지 않는 기묘한 조화를 가진 이였지만, 적어도 그 나이가 어리지 않을 것이라는 사실쯤은 어렵지 않게 짐작할 수 있었다.

'저것도 내공심법의 영향인가?'

얼마 전 만났던, 색목인으로 착각하였던 제갈우현을 떠올린 정범이 내심 혀를 내둘렀다. 내공심법은 그 성질에 따라 특징이 다양하게 나뉜다고 들었었지만, 근래만큼 그 특이함을 많이 목격한 적은 없었다.

"아이고, 알겠소. 알겠으니 이제 그만 합시다. 내가 전동(電童)을 알아보지 못해 미안하오."

바닥을 구르며 앓는 소리를 낸 화평이 손을 뻗으며 전동이라 불리는 사내를 향해 항복 선언을 했다. 그때가 되어서야 조금은 분이 풀린 표정이 되어, 팔짱을 낀 전동이 웃음을 흘렸다.

"킥킥, 그러게 주의하란 말이다. 이 강호가 얼마나 넓은데 고작 강기 좀 휘두른다고 어깨가 넓어져서는 쯧……."

혀를 차며 화평에게서 시선을 뗀 전동의 시선이 잠시 정범을 향했다.

"이건 또 무슨 비실이야."

"비실?"

태어나 처음으로 들어본 말에 정범이 헛웃음을 흘리는 사이, 대충 팔을 휘저은 전동이 그 별호와 같이 순식간에 다가와 정범의 눈을 뚫어져라 바라본다.

"너도 혹시 추마대에 들어오는 거냐?"

"……아직은 아니오."

정범의 말에, 묘하게 인상을 찌푸린 전동이 혀를 차며 정범의 옆을 순식간에 스쳐 지나 건물 안으로 향했다.

"기면 기고, 아니면 아닌 거지 아직은 아니란 건 뭐야. 별난 놈일세. 어쨌든, 목숨 건지고 싶으면 함부로 들어오지 마라. 이런 놈들을 가득 모아 놓은 걸 보니 북궁단청 그놈이 재미있는 일을 벌이려는 모양이야."

천하제일인이자, 대룡문주인 북궁단청의 이름을 아무렇게나 부르며 손을 휘휘 내저은 전동이 순식간에 모습을 감추었다.

그 걸음이 어찌나 빠른지, 정범으로서도 순간적으로 흔적을 놓쳤을 정도였다.

'전동이라더니…….'

과연 별호에 못지않은 실력을 가진 인물인 듯싶었다.

아니었다면 애초부터 그 만만치 않은 실력자였던 화평이 저토록 무력하게 바닥을 구르지만도 않았을 테지만 말이다.

"아야야, 죽겠네."

전동이 사라진 이후, 인상을 찌푸리며 천천히 몸을 일으킨 화평이 자신의 턱을 좌우로 만지며 한숨을 내쉬었다.

"젠장, 얕보이면 안 될 것 같아서 고르고 고른 인물이 하필 전괴(電怪)였을 줄이야. 완전 망했군."

"굉장히 빠른 것 같더군요."

돌아온 답에, 화평이 어이가 없다는 표정이 되어 정범을 바라보았다.

"굉장히 빨라? 고작 그 정도야? 설마 저 노괴의 움직임이 눈에 보이는 게요?"

"쫓지 못할 정도까지는 아닙니다."

"짐작은 했지만 괴물이 또 하나 늘어났군."

어이가 없는지, 너털웃음을 흘린 화평이 지친 걸음을 추마대 건물로 향했다.

"하아…… 그냥 확 탈퇴해 버릴까."

마지막까지, 어쩌다가 자신이 이런 괴물들의 소굴에 비치되었는지 알 수 없다는 말을 읊조리며 사라지는 화평의 뒷모습을 멍하니 바라보던 정범도 곧 헛웃음을 흘리며 건물 내부로 들어섰다.

'추마대라…….'

오늘만 벌써 세 번째.

내심으로 같은 이름을 읊조린 정범의 입가로 미소가 떠올랐다.

'생각보다 재밌을지도 모르겠군.'

　　　　　*　　　*　　　*

　북궁소는 홀로 단상에 앉아 정좌를 한 채였다.

　정범은 고요한 물결처럼 흔들림 없는 그녀를 그저 바라
보았다.

　'아름답군.'

　알고는 있었지만, 새삼스레 또다시 느끼게 된다.

　북궁소는 뭇 사내들의 심장을 떨리게 할 만큼 아름답다.
하나 함부로 다가갈 수 없는 장벽 또한 존재한다. 처음 그
녀를 만났을 때, 정범은 느끼지 못했던 것이다. 그 뒤로도
한참은 몰랐다. 얼마 전에야 조금쯤 알게 되었고, 지금은
그로 인해 답답해하고 있는 마당이었다.

　'차라리 처음부터 가까워지지 않았더라면……'

　떠오른 생각을 머릿속에서 지운 정범이 정면을 바라보았
다.

　마지막, 짧은 호흡을 내쉬며 소주천을 마친 북궁소가 눈
을 떴다.

　직후 잠시, 두 사람의 시선이 허공에서 맞물렸다.

　"……"

　북궁소의 차가운 눈이 떨린다.

　분명히, 적지 않게 당황한 기색이었다.

"북궁 소저."

정범이 무겁게 입을 열었다. 그녀가 자신을 피하고 있음을 안다. 아니, 북궁소는 세상 모두와 등지고 있다. 처음 보았을 때, 그녀가 마치 죽고 싶어 하는 것 같다 느낀 이유는 바로 거기에 있었다. 살아 있지만 세상을 마주하고 있지 않다. 마치 죽은 사람처럼 말이다. 하지만 눈 속에 무엇도 담기지 않은 것은 아니었다. 멀지만, 결코 닿을 수 없을지도 모르는 무언가를 바라보고 있다. 정범은 확신할 수 있었다. 만약 그것조차 없었다면, 북궁소라는 여인은 이미 세상에서 등을 졌을 테니 말이다.

"끈질기군요."

냉기가 묻어나오는 차가운 목소리에, 정범의 얼굴이 짧게 굳어졌다.

"제가 피하고 있다는 걸 느끼지 못한 건가요?"

"왜 피하는 겁니까?"

북궁소의 입가로 조소가 흘렀다.

"똑같군요."

"무엇이 말입니까?"

"다른 남자들하고요. 누구나 한 번쯤은 묻더라고요. 왜 자신을 피하는 거냐고. 사람을 피하는 데 달리 이유가 있을까요?"

"북궁 소저."

"그만."

북궁소가 제자리에서 천천히 몸을 일으켰다.

"길게 대화를 하고 싶지는 않아요. 용건이 있다면 본론만 간단히. 아니라면, 이만 가도 될까요?"

철혈빙공.

새삼스레 그녀의 별호를 떠올린 정범이 헛웃음을 흘렸다.

"무엇이 북궁 소저의 피를 그토록 차갑게 만드는 겁니까. 대체 그 어떤 것이…… 역시 대룡문주인 겁니까?"

"……."

북궁소는 아무런 말을 하지 않았다.

대신하여 정범을 향해 차가운 눈초리를 쏘아 보낼 뿐이다. 직후, 무언가를 말하려는 듯 입술을 읊조리던 북궁소가 정범의 옆에 선다. 서로의 얼굴을 보지 못하는 그 거리가 되어서야, 힘겹게 입이 열렸다.

"그분은 제 아버지예요."

"좋은…… 아버지입니까?"

정범은 이 질문이 굉장히 괴상하다고 생각했다.

어려서부터 학문을 닦아오며 효(孝)란 무릇 자식의 도리여야 한다고 배웠다.

자식은 때로는 부모를 위해 희생할 줄 알아야 한다.

부모는 하나뿐이지만, 자식은 더 낳을 수 있기 때문이다. 때문에 자식은 부모님의 잘잘못을 따질 수 없다. 따져서는 안 된다. 낳아주셨다는 것 하나만으로, 부모는 좋은 이여야 한다.

공자, 유학의 가르침이 그러했다.

하지만 정말 그게 전부일까?

그 자식이 크면 또다시 부모가 되기 마련이다.

하면 부모가 된 자신의 자식은 또다시 희생의 대상이 되어야 한단 말인가? 그 한 몸 바쳐 길러냈으니 받는 합당한 대가인가? 정범은 미간을 찌푸렸다.

아니다, 적어도 그가 생각하는 효(孝)란 그런 종류가 아니었다.

충분히 맹목적일 수 있지만, 무조건적이라고만 말하기에는 어렵다.

'하면 군주를 향한 충성은 어떤가? 스승에 대한 존경은?'

스스로가 내뱉은 말의 무게가, 수많은 생각의 꼬리를 만들고 얽어버린다.

평생 유학을 배워 온 정범으로서는 너무나 이해할 수 없는 부분이었다. 자신이 그런 생각을 하게 될 줄조차 몰랐다. 입 바깥으로 내뱉는 것은 더욱 무리다.

한데 이미 정범은 물었다.

북궁단청의 얼굴이 겹쳐진, 북궁소의 얼굴을 본 순간 떠오른 말이다.

"제가 정 공자를 잘못 봤었나 보군요."

돌아온 대답은 그 어느 때보다 싸늘했다.

저벅, 저벅.

멀어지는 걸음은 조금의 망설임도 느껴지지 않는다.

'실수했군.'

쓴웃음을 입가에 매단 정범은 더 이상 그녀를 붙잡지 못했다. 이래서야, 미움 받는다고 하여도 할 말이 없다.

"어렵구나. 사람의 마음이란……."

홀로 남은 방 안에서, 깊은 한숨을 내쉰 정범이 등을 돌렸다.

마음이 시리도록 아픈 날이었다.

*   *   *

[그는 떠났습니다.]

홀로, 방 안으로 돌아온 북궁소에게 평오의 전음이 전해졌다. 눈을 감은 채 다시금 명상에 빠져 있던 북궁소의 눈이 천천히 뜨였다.

"어떻게 이곳에 왜 온 거지?"

실상 평오에게 던진 질문이 아니었다.

그저 궁금했을 뿐이다.

아무런 흔적조차 남기지 않고 사라졌다.

대룡문 내에서 일 처리를 했으니, 아무리 정범이라 하여도 쫓지 못한다. 이후 외부 활동도 자제한 채 모습을 완전히 감추었다. 공식적으로 추마대가 발호(跋扈)하기 전까지는 결코 들키지 않을 생각이었다. 자신도 있었다. 한데 오늘 갑자기 정범이 찾아왔다. 예상치 못한 방문이었고, 저도 모르게 흘러나오는 흔들림을 감출 수 없었다.

[아마 문주님께서 보내셨지 않을까……]

평오의 조심스러운 추측은, 실상 확신에 가까웠다.

질문을 한 북궁소조차 답을 알 수 있을 정도였으니 말이다.

"대체 무슨 생각인 걸까?"

북궁소는, 아버지라 불리는 인물의 얼굴을 떠올려 보았다.

권좌에 앉아 모든 것을 굽어보는 오만한 시선은 단순한 제왕의 위엄 같은 것이 아니다. 북궁단청의 오만에는 모두가 생각하는 것 이상의 것이 담겨 있다. 세상 모든 것을 집어 삼켜야지만 만족하는 탐욕과, 끝없는 욕망. 천하가 알고 있는 북궁단청은 그의 단면일 뿐이다. 알았다면 용호제, 제왕이라 불리는 그 이름은 달리 표현되었을 터였다.

'마왕.'

북궁단청은 천하 전체를 집어 삼키고도 만족하지 않을 괴물이었다.

다른 천하오패의 주인들이 가진 욕심 따위는 비교도 되지 않을 정도다.

그런 그가 좋은 아버지냐고?

자신의 배움을 모두 깨버리는 것과 다름없는 질문을 던지던 정범을 떠올린 북궁소의 마음이 떨렸다.

별것 아닐 수도 있는 그 질문이, 얼마나 무거운 감정을 담고 있는지 안다. 생각은 또 어찌나 복잡할지 예측도 되지 않는다. 자신을 이해하기 위해 그만큼이나 노력하는 정범의 마음은 그저, 감사할 따름이다.

하나 표현해서는 안 된다.

마음은 얼음보다 차갑고, 피는 강철이어야 한다.

"정 공자가…… 추마대에 들어올까?"

어쩌면, 그럴지도 모른다는 생각에 떨리는 마음을 뒤로 하고 더욱 차갑게 말하였다. 다시는 곁에 올 수 없게, 차라리 정이라도 떨어지기를 바랐다.

[글쎄요…….]

"막아 줬으면 해."

[힘들 겁니다.]

"그럼 어떻게 하지. 도망칠까?"

[가시려면 함께 가시지요.]

"어머, 진담이야?"

[예, 기왕이면…….]

정 공자도 함께요. 두 분이서 오래오래 행복하게 사시는 모습을 보여주십시오. 뒷말을 채 꺼내기도 전이었다.

"평오, 농담을 너무 진지하게 받아들이진 말아줘."

북궁소가, 살짝 장난기 서린 음성을 흘렸다.

입가에는 옅게나마 웃음을 머금고 있다.

평오는 그 모습을 안타까운 눈으로 바라보았다.

[소공녀…….]

목소리가 무겁게 내려앉았다.

누구보다 북궁소의 행복을 바랐다.

사실 기대도 조금 했었다.

'차라리 그때라도, 도망치셨다면…….'

그가 지켜 본 북궁소의 일생 중 가장 행복하던 때에, 정범의 손을 잡고 어딘가로 떠나기를 바랐다. 해서 응원했다. 누구보다 뿌듯한 마음으로 지켜보았다. 본래 그가 부여 받

은 임무, 감시역? 그런 것 따위는 잊은 지 오래다. 북궁소
는 자유로워질 자격이 있다고 생각했다. 하나 결국 북궁소
는 떠나지 못했다. 그녀의 마음과 어깨에 내려앉은 짐은 생
각보다도 훨씬 무거웠다. 처음부터, 북궁소에게 감시 같은
것은 필요하지 않았다.

"걱정 마. 평오. 무슨 일이 있어도 잘 참아낼 수 있으니
까. 지금까지 그래 왔듯이 말이야."

조금이나마, 밝아 보이던 미소가 훨씬 더 짙은 어둠을 얹
은 채 평오에게로 돌아온다.

[……알겠습니다.]

더 이상, 입을 열 수가 없을 만큼 마음이 무거웠다.

*　　　*　　　*

그날 밤, 정범은 너무나 많은 생각에 잠을 이룰 수 없었
다.

하나 덕분에 마음만은 완벽히 굳힐 수 있었다.

"부맹주께서 비천검 대협께서 제안하신 부분을 수락했
습니다."

다음날, 오후에 찾아 온 제갈우현이 웃는 얼굴로 말했다.

오전에 건의한 부분인데, 생각보다 빠르게 답이 돌아왔

다.

"아, 대신이라고 하기는 뭐한데 부대주가 아니라 대주를 맡아달라고 하시더군요."

"대주는 이미 북궁 소저로 정해진 것 아니었습니까?"

"맞습니다. 음, 그러니까 이게 쉽게 말해, 추마 이대(二隊)를 만들라는 뜻이지요. 네네, 그렇습니다."

"추마 이대?"

"예. 이게 모으다 보니 생각보디 인원이 제법 많아져서요. 게다가 정 공자가 말한 특별권한이 조금 특수하다 보니, 어쩔 수 없는 선택이었습니다. 하하."

"듣다 보니 이거, 대룡문주님이 아니라 제갈 군사의 의견인 것 같습니다."

정범의 말에, 작은 미소를 그린 제갈우현이 뒷머리를 벅벅 긁었다.

"아하하, 이거 티 났습니까?"

"정말이었습니까?"

"뭐, 일단은 군사니까요."

대수롭지 않게, 자신의 이야기를 모두 꺼낸 제갈우현이 손을 내저었다.

"어쨌든, 이로써 비천검 대협께서는 추마 이대를 담당하기로 하신 겁니다. 나중에 다른 말씀하시기 없기예요."

"하하, 알겠습니다."

제갈우현과의 대화는 생각 외로 유쾌하다.

어쩌면 어딘지 모르게 허술해 보이는 그의 모습이 더욱 무서울지도 모른다는 생각이 들 정도로 말이다.

"아, 맞아. 가장 중요한 걸 빼놓을 뻔했네. 아무래도 본래 추마대 하나로 묶기 위해 모아놓은 인물들이었는데, 나누려다 보니 조금 힘들더군요. 각자 개성도 강하고, 대놓고 말해 말도 좀 안 듣습니다. 그래서 어디에 속할지는 각자 정하라고 했습니다."

"예? 그러면 임시 무림맹 측은……?"

"아, 전 확실히 이런 곳은 취향에 맞지 않아요. 몸에 왠지 한기도 서리고 기운도 빠져나가는 것 같은 게, 어쨌든 전 이만 가보겠습니다. 나중에라도 추마 이대에 대주 하나뿐인 불상사를 겪고 싶지 않으시면 조금 바삐 움직이셔야 할 겁니다. 영 구하기 힘들면 정 대협 추천으로도 두, 세 명 정도는 괜찮습니다. 엄연히 대주니까요. 어쨌든 힘내세요, 비천검 대협!"

마지막 긴 말을 빨리도 쏟아낸 제갈우현이 순식간에 뒷걸음질 쳐 방 안을 벗어났다.

홀로, 작은 초가집에 남은 정범의 입가로는 헛웃음이 번졌다.

"정말…… 무슨 생각인지 모르겠군."

어쨌든, 인원은 스스로 모아야 한다는 말.

사실 혼자라도 상관없겠지만, 기왕 일을 맡기로 한 이상 조금은 보여줄 필요도 있는 법이었다.

'한 다섯 명 이상만 되면 될 것 같은데…….'

생각처럼 될지는, 닥쳐봐야 알 일이었다.

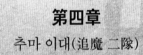

第四章

추마 이대(追魔 二隊)

지난 밤, 정범이 밤새도록 생각한 후에 알아 낸 사실은 하나였다.

'어찌 됐든, 난 북궁 소저에 대해 알고 싶다.'

그녀가 궁금하지 않았다면, 애초부터 이토록 고민을 할 일도 없었을 것이다. 스스로의 배움을 깨부수는 기이한 일은 더욱 마주하지 않았을 터다. 결론만 말해, 정범은 북궁 소가 궁금했다. 어떤 사람인지 조금 더 알고 싶었다. 흔히 말하는 연심일지는 모르겠다. 하나 역시, 이 상황이 되어서까지도 마음이 돌아서지는 않는다.

그러한 사실 하나만으로도 결론을 내리기는 어렵지 않았

다.

우선 주변에 남는다.

알려주지 않으면, 스스로 알아내면 될 뿐이다.

거리가 너무 가까울 필요는 없었다.

단지 지켜볼 수 있을 정도면 충분하다.

무언가 또 다른 결정을 내리는 것은 그 이후여도 충분했다.

그런 의미에 있어 추마 이대의 대주라는 직책은 나쁘지 않았다.

아니, 아주 마음에 들었다.

번거로운 부분이 있다면 인원을 직접 뽑아야 한다는 건데, 이미 어느 정도 예상해 둔 사람이 하나 있었다.

"추마 이대……?"

전혀 생각지도 못했던지, 정범의 말에 놀란 눈을 한 화평이 의심스러운 눈초리를 보냈다.

"진짜 맹에서 시킨 일이요? 난 아직 아무것도 듣지 못했는데?"

"왜 듣지 못했는지는 모르겠지만 사실입니다."

"하긴, 천하의 비천검이 굳이 나 같은 놈을 찾아와 그런 거짓말을 해야 할 이유도 없지."

"나 같은 놈이라니요."

정범이 손사래를 치자, 입가로 머물던 쓴웃음을 지은 화평이 곧 고개를 주억였다.

"미안하오. 이곳에 있다 보니 괜한 자격지심까지 생겨서, 어찌 됐든 이런 놈이라도 필요로 한다면 힘이 되어 드리겠소이다."

"고맙습니다. 고마워요. 화 대협."

추마대에 유일하게 안면이 있는 인물, 흑미도 화평을 포섭한 정범이 미소를 보였다. 본인 말마따나 자격지심이 남아 그렇지, 실제 그의 실력은 무시 받을 수준이 아니었다.

애초에 이 넓은 강호에서도 강기를 피울 수 있는 고수의 수 자체가 한정적이다. 그중에서도 흑미도는 젊은 편이고, 제법 실력이 뛰어난 편이었다. 원한다면 한 지역의 패주를 자처할 수 있을 정도. 따지자면 오래전 상대했던 소군 못지않은 실력자라 할 수 있었다.

"그리고…… 괜한 마음은 안 가지셨으면 합니다. 제가 보기엔 화 대협도 대단한 사람으로 보입니다."

"말만이라도 고맙소."

화평이 미소를 보였다.

어찌 됐든 그의 입장에서도 안면이 있고 편안한 정범이 좋았다.

'자, 이제 한 명은 됐고…….'

다음은 누구에게 찾아갈까.

고민하는 정범의 눈이 추마대 처소 이곳저곳을 훑었다.

직접 모습을 보이고 수련을 하는 이들도 있었으며, 방 안에서 아무것도 하지 않은 채 얼굴조차 내비치지 않는 이도 있다.

'약 스무 명 정도인가.'

그중 정범이 얼굴을 아는 이라고는 눈앞의 화평이 전부였다.

결국 애초에 점지한 화평을 제외하고는 모두 처음 부딪쳐야 하는 상대란 뜻이었다.

'아니지, 한 명 더 있군.'

비록 짧지만 분명 안면이 있는 사람이 있다.

전동, 혹은 전괴라 하였던가?

후자의 별호는 본인이 극도로 싫어하니 눈앞에서는 내뱉지 않아야 한다고 들은 그의 발은 확실히 탐이 났다. 혼자가 아닌, 단체 활동을 하다 보면 그처럼 발 빠른 이의 도움이 절실할 때가 많을 터였다.

'화 대협이 싫어하려나?'

잠시 고민을 한 정범은 다시금 화평을 찾아가, 전동을 영입하고 싶다는 말을 내뱉었다.

아무래도 처음으로 받아들인 이가 화평이다 보니, 신경

이 쓰인 탓이었다.

다행히 화평은 크게 개의치 않아 했다.

"난 상관없소. 사실 애초에 시비를 먼저 건 것도 나고, 의기소침한 것도 회의감이 조금 들어서이지 전괴에 대한 불만 탓은 아니니 말이오. 하지만 그가 정 대주를 따를지는 모르겠소."

이미 마음이 정범에게 완전히 기운 덕일까?

개의치 않고 정범을 대주라 부른 화평이 시원하게 답했다.

"고맙습니다."

"뭐, 별것이라고. 그럼 난 더 수련하러 가보겠소."

정범과의 짧은 대화가 제법 힘이 되었는지, 조금은 얼굴이 편 화평이 도를 잡고 수련장으로 향했다.

'자, 그럼 전동을 만나 볼까?'

정범은 망설이지 않고 추마대의 처소 가장 깊은 곳을 향했다.

그곳에는 두 개의 방이 있었는데, 우측에서는 북궁소의 기운이 느껴졌다.

'굳이 찾아가서 말할 필요는 없겠지.'

정범은 자신이 추마 이대의 대주가 된 사실을 북궁소에게 당장 밝힐 생각이 없었다. 그녀가 거리를 원한다면, 충분히 그만한 여유를 두고 지켜볼 생각이다.

반대 측, 좌측 방에서는 완전히 처음 느껴보는 기운을 가진 이가 있었다.

'북궁 소저보다 고수다.'

북궁소의 성장은 어마어마하다.

분명 처음 보았을 때에는 강기조차 제대로 피워 올리지 못했는데, 어느새 정신을 차리고 보니 초절정의 무인들 중에서도 손가락에 꼽힐 만큼 강해졌다. 아마 그녀라면 오래지 않아 천인의 벽에 닿을 수도 있을 것 같았다. 한데 반대편 방에 위치한 이는 그런 북궁소보다 강했다.

따지자면, 천인이 되기 이전의 정범하고 비슷한 수준으로 느껴졌다.

'누굴까?'

얼굴이 궁금하기도 했지만 우선 목표는 전동이다.

제자리에서 펄쩍 뛰어 지붕 바로 아래 기둥까지 올라선 정범의 시선이 바로 옆에 누워 있는 전동을 향했다.

"응?"

보기로는 아슬아슬해 보이는 얇은 기둥에 몸을 누인 채, 한 발만을 까딱거리고 있던 전동이 실눈을 뜨고는 미간을 찌푸렸다.

"뭐야? 내가 여기 있는 건 어떻게 알고?"

짜증 가득한 전동을 향해, 정중하게 포권을 한 정범이 고개를 숙였다.

"주무시고 계신데 이리 깨워 죄송합니다. 저는 정범이라고 합니다."

"죄송한 줄 알면 꺼져. 척 보니 관상이 좋지 않은데, 난 그런 놈하곤 상종 안 한다."

"관상도 볼 줄 아십니까?"

정범의 질문에, 눈을 흘겨 정범의 머리꼭지부터 발끝까지를 빠르게 훑은 전동이 웃음을 터트렸다.

"낄낄. 그럼, 보면 알지. 네놈은 척 봐도 날 귀찮게 할 관상이거든. 낄낄낄."

"농담을 좋아하시는가 봅니다."

"좋아하지. 하지만 귀찮은 건 정말 싫어해. 그러니까 그만 가라. 다치고 싶지 않으면."

"하면 언제쯤 찾아오면 될까요?"

정범은 정중하게 물었다.

상대가 잠이 깨서 불쾌하다면, 분명 자신의 탓이다.

시간이 얼마나 걸리든 기다릴 자신이 있었다.

"음…… 네놈 때문에 불쾌해져서 잠을 더 자야 할 것 같으니까 한 네 시진 후쯤? 그때 오면 생각해 보지."

마지막 말을 한 후, 두 눈을 감아버린 전동이 코를 골기 시작했다. 더 이상 정범의 말은 듣지 않겠다는 의사 표시다.

"알겠습니다. 하면 네 시진 후에 뵙겠습니다."

지붕 아래 기둥에서 내려와, 순식간에 바닥에 착륙한 정범은 화평이 향했던 수련장을 향했다.

네 시진은 결코 짧지 않으니, 무공 수련이라도 하며 시간을 때울 생각이었다.

*　　*　　*

네 시진 후.

오랜만에 내공을 사용하지 않는 육체 단련으로 수련 시간을 보낸 후, 목욕까지 마치고 본래 있던 자리로 돌아온 정범이 고개를 갸웃거렸다.

"없어졌군."

실망은 없었다.

애초부터 기다리지 않을 것이라고 생각했기 때문이었다.

잠시, 눈을 감고 자연의 흐름 사이로 기파를 퍼트린 정범의 입가로 미소가 떠올랐다.

'멀리 가지는 않았군.'

귀찮은 걸 싫어하는 건 사실인지, 몸을 숨겼지만 먼 곳까지는 가지 않았다.

애초부터 지붕이 있는 추마대 처소 내라면 갈 곳이 한정적이기도 했으니 어쩔 수 없는 노릇일 터다.

"아, 깜짝이야!"

숨어 있던 지붕 아래로, 훌쩍 뛰어오른 정범을 마주한 전동이 비명을 내질렀다.

"여기 계셨군요."

"……."

제법 놀랐던 것인지, 한 손으로 왼쪽 가슴을 움켜잡은 전동이 인상을 찌푸리며 크게 외쳤다.

"이 미친놈아. 그렇게 갑자기 튀어나오면 어떡해!"

"제가 이렇게 안 찾아오면 또 도망가셨을 것 아닙니까."

잠시, 찔리는 표정을 지어 보인 전동이 고개를 홱 돌리며 콧바람을 내쉬었다.

"네놈은 날 어떻게 보는 거냐. 몸은 작지만 마음은 넓은 남자. 한번 한 약속은 꼭 지키는 분이 바로 이 몸, 전동이란 말씀이시다."

"죄송합니다. 제가 마음이 좁아 전 대협의 진면목을 다 보지 못했군요."

"……."

정범이 이토록 굽히고 나오자, 오히려 할 말이 없어진 전동이 입술을 삐죽 내밀며 고개를 주억였다.

"알았으면 됐다. 어차피 안 들어주면 계속 귀찮게 할 거지? 할 말만 하고 빨리 가라."

"제가 추마 이대를 맡게 되었습니다. 기왕이면 선배께서 들어와 주셨으면 해서 이리 찾아왔습니다."

"무슨 말이 이리 짧아?"

"본론만 말하는 걸 좋아하시는 것 아니었습니까?"

"……그래도 알아들을 말은 해 줘야지. 어휴. 추마 이대는 또 뭐야?"

"임시 무림맹에서 새로이 만든 조직입니다. 부대원은 추마대 내에서 알아서 모으라더군요."

"미친놈들 아니야. 말이라도 해주든가. 하여간 북궁단청 그놈은 무슨 생각을 하고 사는지 모르겠다니까. 어쨌든, 거절이다."

"생각을 돌리실 순 없는 겁니까?"

어느 정도 예상했던지라, 정범의 말문에는 막힘이 없었다.

"없어. 난 나보다 약한 놈 밑에서 일하는 건 싫어하거든. 그 북궁 계집애인가 뭔가도 사실 그리 마음에 드는 건 아닌데, 약속이 있어서 어쩔 수 없이 온 거다."

"그러면 간단하군요."

정범이 웃음을 보였다.

"뭐?"

"제가 선배보다 강하면 되는 것 아닙니까?"

전동의 검미가 크게 꿈틀거렸다.

"네놈 뭐라는 거냐?"

"선배보다 약한 사람 밑에서 일을 안 하신다 하셨으니,
명쾌한 해답을 찾은 셈이지요."

"오호라, 그래서 네가 나보다 강하다?"

"아무래도, 지금은 그런 것 같습니다."

쐐에에엑―!

말이 끝나기 무섭게, 바람처럼 날아든 전동의 발이 정범
의 턱 끝을 스쳐 지나갔다.

눈을 빛내며, 아슬아슬하게 공격을 피한 정범을 바라본
전동의 이빨이 사납게 드러났다.

"이 강호에서 내뱉은 말을 못 지키면 어떻게 되는지 오
늘 이 선배께서 가르쳐주도록 하마."

"한 수 부탁드리겠습니다."

파밧―!

추마대 거처 지붕 위.

두 사람이 맞부딪쳤다.

　　　　　*　　　*　　　*

반 각 후.

전동은 믿을 수 없다는 표정으로 지붕 아래로 떨어졌다.

반쯤 넋이 나간 눈을 한 전동의 바로 위로, 여유로운 모습으로 착지한 정범이 손을 내민다.

"그럼 이제 선배는 추마 이대에 들어오시는 겁니다?"

어이가 없다는 듯, 다가온 손을 멍하니 바라보던 전동이 거칠게 손을 휘둘렀다.

팍—!

거칠게 정범의 손을 뿌리친 전동이 스스로 몸을 일으키며 묻는다.

"네놈은 도대체 뭐냐? 겉만 봐서는 비실거리게 생긴 게 대체 어떻게……."

"강호에서 상대를 겉모습으로 판단합니까?"

정범의 물음에, 저도 모르게 자신의 모습을 잠시 내려다본 전동이 웃음을 터트렸다.

"낄낄낄. 맞다. 맞아. 겉모습으로 상대를 파악하면 안 되지."

직후, 표정에서 웃음을 완전히 지운 전동의 두 눈에 아쉬움이 어렸다. 하다못해, 정말 까마득한 후배에게 패배할 줄은 생각지도 못했었던 탓이다.

"설마 마음이 넓은 대선배께서 약속을 어기시는 건 아니겠지요?"

불과 반각 전, 자신이 내뱉었던 말을 그대로 인용하는 정범을 향해 얼굴을 붉힌 전동이 외쳤다.

"다, 당연하지! 난 약속을 지키는 남자다. 그 약속 때문에 여기에도 와 있는 거니까 끙……."

앓는 소리를 내며 한숨을 깊게 내쉬는 얼굴이 힘들어 보인다. 결국 전동은 더 말을 하는 대신 양팔을 휘휘 저으며 포기를 선언했다.

"그래, 졌다. 졌어. 네 말대로 하자. 추마 이대인지 뭔지 해 보지. 젠장, 역시 관상 자체가 좋지 않더라니. 내가 살다 살다 저런 괴물을 또 보게 될 줄이야."

"괴물이라니요."

정범이 부정하자, 콧바람을 내쉰 전동이 지붕 위로 순식간에 모습을 감추었다.

"괴물이라고 해도 네놈이 세 번째다. 자만하지 말거라. 꼬맹이."

마지막까지 투덜거리며 멀어지는 전동의 뒷모습을 잠시 바라보던 정범이 웃음을 보이며 손바닥을 보았다. 급격한 움직임으로 아직까지도 손끝이 떨렸다.

'빨리 승부를 안 봤으면 위험했겠지.'

전동.

과연 오래토록 강호에서 살아남은 것이 운만은 아니란 것을 손수 알려준 인물이었다. 그마저 포섭하는 데 성공했다.

'이걸로 둘.'

목표했던 다섯까지는 셋밖에 남지 않았다.

'진짜 시작은 이제부터겠지만 말이지.'

정범의 걸음이 다시 바삐 움직이기 시작했다.

*　　　*　　　*

정범이 전동과 화평, 두 사람을 먼저 포섭한 것은 단지 얼굴을 알고 있다는 이유에서만은 아니었다.

'화 대협은 심지가 굳고 정의로운 사람이다.'

비록 지금은 의기소침해 있지만, 그 본성이 어디를 가는 것은 아니다. 멀리 갈 필요 없이 무림대회 당시만을 보아도 알 수 있었다. 화평은 정정당당히 정범과 승부를 가렸으며, 패배했을 때에도 깔끔히 물러났다.

경험상, 그런 인물들은 쉽게 무너지지 않는다.

좌절은 있을지언정 다시 곧추 일어서는 사람이다.

무엇보다 등 뒤를 맡길 수 있는 신의가 있었다.

전동의 경우도 비슷했다.

일차 목적으로, 그의 빠른 발이 탐났다는 사실도 부정할 수 없지만 그 외로도 심성이 나쁘지 않았다.

그 사실은 첫 만남에서 알 수 있었다. 만약 전동이 조금만 더 악독한 인물이었다면, 먼저 시비를 건 화평을 그 정도에서 봐주지는 않았을 터다. 때문에 정범은 전동이 적어도 도를 지킬 줄 아는 사람이라 생각했다.

'정도를 안다는 것은 악인은 아니라는 말이지.'

정범은 선과 악의 경계는 하나의 선(線)으로 나뉜다고 생각했다.

그 '선'이라는 것은 '적어도'라는 단어와 일맥상통해 있기도 했다.

적어도 자식으로서 하지 말아야 할 일.

적어도 부모로서는 하지 말아야 할 일.

신하로서, 또는 군주로서, 혹은 사람으로서 해서는 안 될 일 앞에 '적어도'가 붙는 것 이상의 선을 넘은 이는, 대부분 그 순간 악(惡)이 된다. 그것이 본의가 아닌, 타의에 의해서라고 해도 결과는 달라지지 않는다.

때문에 정범은 어느 순간부터 사람을 볼 때에 정도라는 기준을 놓고 있었다.

전동은 그 기준에 있어 제법 앞서 있는 인물이었다.

화평과 같은 신의를 얻을 수 있을지는 모르지만, 결코 쉬이 등을 돌릴 인물도 아니다.

결국 그가 내린 결론은 이것이었다.

최소한 믿을 수 있는 인물과 함께하자.

무슨 악랄하고 교활한 수가 있을지 모를 마인, 그러니까 마도와의 싸움에서 신뢰는 필수였다.

때문에 정범은 두 사람을 포섭하는 것을 끝으로, 한동안 누구와도 접촉하지 않은 채 입을 다물었다. 그렇다고 아무것도 하지 않는 것은 아니었다.

지켜봤다.

잠을 자는 시간마저 일부 포기하며, 추마대에 속한 이들을 유심히 지켜보았다. 물론 단순히 그것만으로 상대에 대해 모든 것을 알 수 없었다. 짐작만이 가능할 뿐이다. 그조차도 결코 짧지 않은 시간이 걸렸다.

'어렵군, 어려워.'

지금까지 정범이 알아본바, 현재 추마대 건물 내에 있는 인물은 오십이 조금 넘었다. 그중 무공이 초절정 이상에 닿은 이들이 삼십 명을 넘는다. 단순히 무공 실력만 치자면 정도 이상이라고 할 수 있었다. 막말로, 추마대 전원이 모인다면 중소방파 하나쯤은 하룻밤이 지나기 전에 풀 한 포기조차 남지 못한다.

'전 무림을 통틀어 초절정 고수가 오십이 조금 넘는다 하였던가?'

언젠가, 책에서 읽었던 문구를 떠올린 정범이 고개를 내저었다. 드넓은 강호에는 밝혀진 것보다 숨은 이들이 더 많다는 사실을 새삼스레 느낀다. 지금 이 자리에는 초절정에 이르렀음에도 별호 하나 없는 무명 무사들이 많았다. 굳이 드러나기보다, 조용히 스스로를 갈고 닦는 것에 더 목적을 두는 이들이다.

한데 그런 사람들이 한자리에 모였다.

'대룡문주 혹은 제갈 군사가 그만큼 대단하다는 뜻이겠지.'

혹은, 마도에 대한 원한을 가진 이들이 그만큼 많다는 뜻이다.

처음에는 몰랐지만, 이제는 눈치로라도 알 수 있었다.

이 자리에 모인 이들 대부분이 조금씩이라도 마도에 대한 원한을 간직하고 있다.

딱히 목적이 없어 보였던 화평만 해도 그랬다.

'설마하니 화 대협이 고아였을 줄이야.'

정확하게 말하자면 처음부터 고아는 아니었다.

나름대로 부유한 집에서 태어나 어린 시절부터 무공을

갈고 닦으며 유복한 어린 시절을 지내던 도중 마도의 습격으로 가족을 잃었다. 부모님도, 동생도 모두 잃은 화평은 한동안 복수에 대한 일념만으로 무공을 갈고 닦았다. 정신을 차렸을 때에는, 마도란 존재 자체가 흔적조차 없이 사라진 뒤였지만 말이다.

그런데 결국 다시 마도가 등장했다.

당시의 마신교와 같은 무리는 아니었지만, 그로 인해 수많은 사람이 또다시 눈물을 흘리고 피를 쏟고 있다.

화평이 추마대에 몸담게 된 이유였다.

복수가 아닌 정의.

'생각보다 더 마음이 큰 사람이다.'

새삼스레 화평을 다시 보게 된 이야기였다.

전동의 경우도 무언가 사연이 있는 듯했지만, 결코 입 바깥으로는 내뱉지 않았다. 단지 짧은 대화 속에 언뜻 비치는 마도에 대한 적의를 느낄 수 있을 뿐이었다.

어찌 됐든, 그러한 마도에 대한 적의를 가진 고수 수십이 모였다.

놀라운 점은 사연 하나 없는 이 없을진대, 그중 대부분이 심성이 곧은 편이라는 사실이었다. 물론 그런 이들이기에, 경지를 개척할 수 있었을 것이라는 생각도 들었다. 또한 그러한 이들만 일부러 모아놨을지도 모르는 일이고 말이다.

'덕분에 고르기는 쉬웠어.'

물론 그 탓에 더 알아보기 힘든 면도 있었다.

누구 하나 큰 흔들림을 보이지 않으니 지켜보는 행위 자체에도 시간이 많이 걸린 것이다.

"움직이자."

정확하게 보름.

추마대 건물 내부 한구석에 석상처럼 굳어 있던 정범이 무릎을 펴고 일어났다. 대부분이 마음에 들지만, 그중 유독 신경이 쓰이는 사람도 존재하는 법이다.

'우선 그 사람부터.'

목표를 정한 정범이 걸음을 옮겼다.

*   *   *

"크흠."

문 바깥에서, 조용히 헛기침을 흘린 정범이 천천히 문을 열었다. 내부에 앉아 가부좌를 하고 있는 이는 이미 정범의 존재를 느끼고 있었음에도 손가락 하나 까딱하지 않는다. 정범 역시 그러한 상대의 명상을 방해하지 않은 채 조용히 문을 닫고 자리에 앉았다.

반기지는 않지만, 적어도 축객(逐客)을 하는 분위기는 아니다.

때문에 정범은 우선 기다리는 것을 택했다.

'나이는 이곳에 있는 인물 중 가장 많겠지?'

물을 것도 없을 터다.

지금 정범의 눈앞에 있는 상대는 세월의 풍파를 짙게 머금은 노파였다. 백발이 성성했으며, 얼굴에 새긴 주름은 물을 따르면 고일 것같이 깊다. 감긴 두 눈은 움푹 파여 상대를 더욱 깊어 보이게 했다.

'누굴까?'

정범은 실상 노파의 정체가 궁금했다.

처음 노인의 존재를 느낀 것은 전동을 포섭할 때였다.

북궁소의 방 맞은편에 자리 잡은 강렬한 기도.

당시에도 상당한 고수라는 생각이 들었다.

한데, 그날 이후로 노파의 강렬한 기도가 종적을 감추었다. 어디로 떠난 것은 아니었다. 노파는 단 한 번을 제외하고는 자신의 방 안에서 한 걸음조차 떼지 않은 채 조용히 세월을 보내고 있었다.

노파는 생각보다 더한 고수다.

처음에는 어쩌면, 북궁소를 뛰어넘을지 모르겠다고 생각했는데 이제는 확신해서 말할 수 있었다. 노파는 북궁소보다 강하다. '월등히'라고까지 표현해도 좋을 정도였다. 어쩌면 정범과 같은 천인에 오른 인물일 수도 있었다.

'비무림의 사람인가?'

호기심을 안은 채, 정범은 이 자리에 앉았다.

처음 느꼈던 강렬한 기도마저도 노파가 의도적으로 흘린 것이라면 그는 분명 초대의 의미라 생각했기 때문이었다.

그렇게 한참의 침묵이 흐른 후, 감겨 있던 노파의 눈이 뜨였다.

"아……."

그 순간 정범은 짧은 감탄을 흘릴 수밖에 없었다.

노파의 눈동자 탓이었다. 반짝이는 별빛을 닮은 그것은 오랜 세월에 닳고 닳은 노인의 것이라기보다, 마치 소녀의 마음을 담고 있는 듯했다. 또한 모든 것을 꿰뚫어보는 만물의 지혜가 깃든 것도 같았다.

영 노야는 말할 것도 없다.

불경을 외는 굉언과, 도를 닦는 무연조차도 눈앞의 노파와 같은 눈을 하지는 못했다.

정범은 진짜 신선이 있다면, 눈앞의 노파와 같은 인물일지도 모른다는 생각을 했다.

"오래 기다리게 해서 미안하구려. 나이가 들다 보니 생각하는 것이 늦어져서, 한번 고민을 시작하면 정리를 하는 데 너무 오래 걸리게 된다우. 젊을 때는 모르는 이야기지.

흘흘."

인자한 웃음을 그리는 노파의 목소리에, 정범은 저도 모르게 마음이 편안해지는 감정을 느꼈다. 무어라 해야 할까. 마치 어머니의 품을 찾아온 것 같은 포근한 기분이었다.

"어쨌든 만나서 반갑구려. 본 노파는 지소라는 이름을 갖고 있네."

"제 이름은 정범입니다."

"알고 있어. 우양촌의 정 가(家), 맞지?"

노파의 눈이 다시 한 번 활등처럼 휘어졌다.

"어떻게 아셨습니까?"

만물을 꿰뚫어 볼 것 같은 눈을 닮았다 생각하였는데, 정녕 천리안이라도 달려 있단 말인가? 생각지도 못했던 말에 정범은 깜짝 놀랐다.

"흘흘, 그렇게 놀라지 말게. 개도 제 집에서는 반절은 먹고 들어간다고. 나 역시 익주에 대해서는 제법 아는 것이 많은 편일 뿐이라네."

"고향이 익주이십니까?"

"비록 몸이 태어난 곳은 아니지만, 마음은 두고 있지."

아무리 그렇다고 하여도 작은 마을에 속한 그리 떠벌릴 것도 없는 농가에 대해서까지 꿰고 있다는 것은 말이 되지 않는다.

하면 노파는 어찌 자신에 대해 알고 있는가?

정범은 몇 가지 조각을 맞춰 그림을 만들어 나갔다.

노파는 마음의 고향을 익주라 하였다.

그렇다는 말은 이곳에 오기 전까지는 익주에 있었다는 말이 되기도 한다.

만물의 지혜를 담은 눈동자와, 신비한 분위기, 그리고 익주를 꿰뚫고 있다고 자부하는 인물.

정범은 몇 번 듣지 못하였던, 하나 확실히 기억하고 있던 이름을 찾아낼 수 있었다.

"파산노사."

정범의 말을 긍정도, 부정도 하지 않은 노파가 다시금 웃음을 보인다.

익주의 스승.

또는 지혜의 보고(寶庫)라는 별칭으로 더욱 유명한 인물이 눈앞에 있다.

정범 역시 기회가 된다면 꼭 한 번은 만나고 싶던 인물이다.

"어째서 파산노사께서 여기까지……."

파산노사가 정범을 알고 있는 것은 특별하지 않다. 비밀에 부치려 하였지만 이미 홍염환도 알고 있는 것을 그녀가 모른다는 사실이 더 우스울 터니 말이다. 하나 달리 익주의 스승이라 불릴 정도로 제 영역을 벗어난 적이 없던 그녀가 숭산 아래 소룡촌에 와 있다는 사실은 놀랍다. 누군가 파산노사를 강제했다고는 생각할 수 없었다. 본신의 지혜와 무공도 놀랍지만, 다른 곳도 아닌 패력산장의 비호를 받고 있는 인물이다. 파산노사를 강제하려 한다면 익주 전체와 싸워야만 했다.

그리 생각하니, 남는 결론은 단 하나였다.

'설마 파산노사께서도 마도에 원한을 가지고 계신단 말인가?'

정범의 의문이 이어지자, 파산노사의 고개가 저어졌다.

"아니, 나는 딱히 마도에 원한을 가지고 있지 않다네."

입 바깥으로 내뱉지 않았음에도 생각이 읽힌다. 또 한 번 놀라는 정범에게 껄껄 웃음을 터트린 파산노사가 손을 내저었다.

"그리 대단한 게 아니야. 단지 나이가 먹다 보니 눈치가 빨라진 것뿐이지."

단순히 눈치가 빠르다고 하여, 사람의 생각을 이토록 정확히 짚어낼 수는 없는 노릇이다. 게다가 파산노사는 이어질 정범의 생각까지 미리 알고 있는 듯했다.

"물론 그렇다고 해서 마도와 싸워 본 적이 없다는 건 아니네. 나 역시 당시 그들의 극악한 행패에는 화가 난 적이 많았거든."

"역시…… 하면 노사께서 이곳까지 오신 이유도……."

"아니지, 아니지. 당시에는 젊었어. 내 입으로 말하긴 뭐하지만 꽃 같던 시절이었지. 마치 지금의 추마 대주처럼 말일세. 안 믿기나? 흘흘."

"믿습니다. 노사께서 제게 거짓말을 하실 이유가 없지 않습니까."

"예끼. 이 총각. 여인은 아름다움에 관해서는 언제나 거짓말을 할 수 있는 법이라네. 얼굴에 분을 바르는 것 자체가 이미 속임수 아닌가?"

"그렇습니까."

"사람을 너무 믿지 마. 들어는 봤지? 강호에서 아이와 노인, 여인을 제일 조심하라고. 나는 그중 둘이나 갖추었군. 흘흘."

"갑자기 노사가 무서워지기 시작했습니다."

대화를 나누는 정범의 입가로도 점점 미소가 어렸다.

파산노사와의 대화는 처음 느낀 대로 편안했다.

마치 오랜 시간을 알고 지내온 것 같은 기분.

워낙 어린 시절 돌아가셔서 기억조차 없는 할머니를 직접 본다면, 이런 느낌이지 않을까 싶을 정도의 편안함이었다.

"쯧쯧, 충고를 제대로 받아들이지 않았구먼. 눈이 풀렸어."

"아무래도 저는 위험한 약점을 안고 살아야 할 팔자인가 봅니다."

너스레 떠는 정범의 말에, 눈을 가늘게 뜨고 정범의 얼굴을 한참 바라본 파산노사가 눈웃음을 그렸다.

"다행이야. 쓸데없이 오지랖은 넓은데, 관상을 보니 명은 길구먼."

"얼마 전에도 비슷한 소리를 들었습니다."

"비슷한 소리?"

"관상을 보신다고 하는 분께서 말씀하시길, 제 얼굴이 남을 귀찮게 할 것같이 생겼다더군요."

"흘흘흘!"

정범의 말에, 큰 웃음을 터트린 파산노사가 배를 잡았다.

"누가? 아니지, 내가 맞춰 보지. 전동, 그 녀석이지?"

"맞습니다. 역시 잘 알고 계시는군요."

"이 안에서 관상 놀음을 할 놈이 나 말고는 그 녀석밖에 없거든. 나이가 들어서도 정신을 못 차리고 촐싹대는 것 같더니 똑같군. 똑같아. 사기꾼 재질이 아주 흘러 넘쳐. 흘흘흘."

"설마 제가 전동 어르신께 속은 겁니까?"

"으잉? 설마 총각은 그 말을 믿었던 말이야?"

"완전히 믿지는 않았지만……."

어쩌면 그럴 수도 있다는 생각은 조금 했다.

여러모로 사건을 만든 적이 많았으니 말이다.

"흘흘흘! 이거 걸물이군. 걸물이야! 명이 긴 게 다 신기해!"

파산노사는 또다시 한참을 웃었다. 순수한 어린아이와 같이 한참을 웃어젖힌 그녀는 반각이 지나서야 배를 부여잡은 채 힘겹게 숨을 흘리며 말문을 열었다.

"아이고, 이거 오랜만에 대화가 재미있다 보니 이야기가 다른 데로 많이 샜구먼. 그래, 궁금한 건 내가 여기 왜 있냐는 거였던가? 따지자면, 반쯤 강제적이라네."

"노사를 강제로 모셔올 수 있는 사람도 있습니까?"

처음 생각했던, 절대로 있을 수 없다고 믿었던 가정이 떠올랐다.

"있지. 천하에 딱 한 놈. 제갈가의 악동 녀석인데, 내가 놈이 어리던 시절에 빚을 하나 졌거든. 세월이 흘러 잊어 먹었는가 싶었더니, 이렇게 찾아오더라고. 하긴 그 머리 좋은 놈이 그런 기억을 잊을 리가 없지."

혀를 차며, 한숨을 내쉰 파산노사가 정범을 향해 물었다.

"너도 봤지? 제갈우현, 그놈."

"예. 녹색 머리에……."

"흘흘, 맞아. 맞아. 바로 그놈이야. 내 미리 경고하는데, 이 넓은 천하에서 가장 위험한 녀석이라네. 총각같이 사람을 잘 믿고 착한 사람은 더욱 그렇지. 이번 일이 끝난다면 되도록 멀리 떨어지게. 찾을 수도 없게 말일세. 흘흘."

"역시…… 제갈 군사는 대단한 사람이었군요."

맹해 보이는 겉모습과 다른 면모가 있을 것이라고는 생각했다. 하지만 지혜의 보고라는 파산노사가 이 정도로까지 말할 줄은 몰랐다. 새삼스레 '제갈'이라는 이름의 무게감이 깊게 느껴졌다.

"아까 말한 것 기억하나? 강호에서 제일 주의해야 한다는 것?"

"노인과 아이, 여인 아니었습니까?"

"그 셋보다 더 흉험하고 독한 놈이 바로 그 제갈가의 꼬맹이야. 거듭 경고하지만, 가까이하지 말게. 총각 같은 사람한테는 여러 모로 좋지 않아."

"명심하겠습니다."

"흘흘, 좋아. 좋아. 그럼 본론으로 돌아와서, 날 찾아온 이유가 있지?"

"예. 노사일 줄은 모르고 왔습니다만…… 가능하시면 추마 이대를 도와주셨으면 합니다."

정범이 진중한 얼굴로 말했다.

처음 찾아올 때부터 어느 정도 생각은 해 두었지만, 상대가 파산노사라면 더 고민할 것도 없다. 그녀가 익주의 스승이라 불리게 된 것은 단순히 방대한 지식과 놀라운 지혜 덕분이 아니다. 가히 그 이름으로 불려도 될 법한 놀라운 선행(善行)을 여럿 남겼다. 그녀 덕에 익주 내에서도 목숨을 건진 이가 백은 우습게 넘는다는 말은 농담이 아니었다. 수많은 추종자가 남몰래 그녀를 따르고 있을 정도니, 가히 구원자라고 불려도 될 인물이었다. 그런 파산노사의 도움을 받을 수 있다면, 백 명의 무인을 얻는 것보다 더 마음이 든든하리라.

정범은 진심으로 파산노사가 추마 이대를 돕기를 바랐다.

"우선, 미안하네. 처음부터 알고는 있었지만 내가 받아들일 수 없는 제안이구먼."

"그렇습니까?"

정범의 두 눈에, 감출 수 없는 안타까움이 스쳐 지나갔다.

"나도 총각과 같이 젊고 재미있는 친구와 함께할 수 있다면 더욱 더 좋겠지만 처음 이곳에 올 때부터 약속이라는 것을 했거든. 그래서 적어도 아직은, 고 북궁가의 예쁜 아가씨 곁을 떠날 수 없는 상황이구려."

"아직은…… 이란 거군요."

파산노사가 남긴 짤막한 말을 놓치지 않고 잡아낸 정범

이 묻는다. 거기에 대한 대답은 돌아오지 않았다. 대신하여 파산노사는 손가락 두 개를 펼쳤다.

"정작 불러놓고는 부탁도 못 들어 줬으니 대신해서라고 는 뭐하지만, 선물 하나와 한 가지 중요한 이야기를 해주겠 네."

"경청하겠습니다."

"아니 아니, 이야기보다 우선 첫 번째는 선물이라네."

파산노사는 바로 옆자리에서, 새끼 호랑이가 그려진 금 패를 집어 정범에게로 밀어 주었다.

"들고, 이 마을 어딘가에 있을 혈독수라는 놈을 찾아서 그걸 보여줘. 좋지 않은 일에 몸을 담고 있지만 제법 실 력은 있는 놈이니 총각에게 큰 도움이 될 게야."

"혈독수……."

처음 듣는 이름을 입 안에 씹은 정범이 고개를 주억였다.

제갈우현이 둘, 셋 정도는 정범이 외부에서 데려와도 된 다고 하였으니 그중 하나를 혈독수라는 인물로 채워 넣을 생각이었다. 파산노사의 추천이라면 믿을 수 있었다.

"일단 선물은 됐고, 두 번째는 이야기인데……."

부드럽게만 보이던 파산노사의 얼굴에 처음으로 짓궂은 장난기가 어렸다.

"총각, 북궁가의 예쁜 아가씨 좋아하지?"

파산노사의 입에서 그녀에 관한 이야기가 나올 줄은 몰랐다. 생각지도 못했던 만큼, 정범의 몸이 곧장 굳어졌다.

"말했지 않나. 눈치 하나는 나이 먹은 만큼 챙겼다고. 속일 생각은 말구려. 흘흘흘."

"그……."

정범의 눈이 흔들렸다.

북궁소를 좋아하는가?

다른 사람이 물었다면 망설이지 않고 대답했을 터다.

좋아한다.

그녀는 한 명의 사람으로서, 또한 인격으로서 존중받고 사랑받아 마땅하다.

하나 파산노사의 질문이 그와 같은 대답을 원하지 않는다는 것쯤은 알 수 있었다.

"답을 못 내겠다면, 추가로 충고 하나 더 해주지. 제 마음을 속이지 말게나. 나중에 시간이 많이 흐른 후에 가장 후회하게 되는 일은 마음을 제대로 표현하지 못한 것이야. 마음껏, 솔직하게 사랑하게."

"명심…… 하겠습니다."

솔직하게 표현한다.

아직 정범한테는 어려운 말이었다.

하나 마음에는 담아둘 수 있었다.

"자, 그럼 용기를 내기 위해 처음 했던 진짜 중요한 이야기를 해 줘야겠지? 다시 말하지만 표현하고, 더 안아주게. 북궁가의 예쁜 아가씨. 북궁소라고 하였지? 그 아이도 자네를 좋아하고 있어. 상처와 짐이 있어 표현하지 못할 뿐. 자네의 부모님 못지않게 자네를 좋아 아니지…… 사랑하고 있다네. 이건 이 노파가 장담하지."

"……."

말 없는 정범의 눈이 크게 흔들렸다.

누군가에게 한 번도 듣지 못한 말이다.

북궁소에게는 평생 듣지 못할 수도 있는 이야기라 생각했다.

한데 다른 누구도 아닌 파산노사의 입에서 기대치 못했던 말이 나왔다.

'사랑이라…….'

언젠가는 알 수도 있다고 생각했다.

누군가를 좋아하고, 그 감정이 깊어져 애정이 된다.

하나 아직은 멀다고만 생각했던 것도 사실이다.

'정말 그런 걸까?'

흔들리는 정범을 향해 모든 것을 꿰뚫어보고 있는 혜안이, 너무나 부드러운 웃음을 그린다.

파산노사의 입이 다시금 열렸다.

"마지막으로 한 번 더 말하겠네. 마음껏, 솔직하게 사랑하게나. 총각."

*　　　*　　　*

정범은 눈을 감고 명상에 빠진 파산노사의 방을 빠져 나왔다. 어떤 의미로는 짧게 본론만을 이야기했던 북궁단청과의 대면보다도 더욱 강렬했던 만남이었다.

'파산노사…….'

익주의 스승이라, 과연 그 말이 옳았다.

같은 익주 태생의 정범에게 결코 작지 않은 무언가를 건네주었으니 말이다.

'북궁 소저가 나를 좋아한다.'

아니, 사랑한다.

새삼스레 전해진 말이 입안에 달콤하게 감돌자 얼굴이 붉어졌다. 가슴 한편이 상상도 안 해 본 표현으로, 콩닥콩닥 뛰었다.

'아직 직접 들은 말은 아니야.'

정범은 마음을 가라앉혔다.

또한 생각을 가다듬었다.

'내가 정말 그녀를 좋아하긴 하나 보구나.'

파산노사와의 만남은 정범이 그간 완전히 표현할 수 없었던 감정을 완벽히 정리해 주었다. 하나 여전히 당장 그것을 표현한다는 것은 어려웠다. 아니, 오히려 알고 나니 더 얼굴을 마주하기 힘든 기분이었다.

'참으로 이상하군.'

어쨌든, 한동안은 거리를 두고 지켜볼 생각인 것은 변함이 없었다. 표현을 하더라도, 북궁소에 대해 조금 더 알게 된 뒤다.

아무것도 모른 채 함부로 모든 것을 품을 수 있다고 말하는 것은 허언에 불과했다.

시야 너머, 방 안에서 홀로 수련에 빠져 있을 북궁소를 잠시 지켜보던 정범이 등을 돌렸다.

*　　　*　　　*

정범은 파산노사의 조언을 따라, 곧장 혈독수를 찾아 나섰다. 생각처럼 쉬운 일은 아니었다. 혈독수의 이름이 양지에서보다는, 음지에서 더 잘 알려져 있던 탓이다.

'삼 주야나 걸릴 줄이야.'

도착한 작은 건물 앞에 서, 나무 문을 두들긴 정범이 쓴웃음을 지었다. 파산노사는 분명 이러한 사실을 알고 있을 텐데, 아무런 말을 해 주지 않았다. 시험일 수도 있다. 아니면 정말 아무 의미 없는 짓궂은 장난일지도 모른다.

"무슨 일이요?"

잠시 후, 문 중앙에 열린 틈새로 눈알만 내민 사내가 정범을 향해 물었다.

"혈독수라는 사람을 만나러 왔습니다."

"……그는 이곳에 없소."

짧은 말과 함께, 또르르 눈알을 굴려 정범의 전신을 훑은 사내가 문틈마저 완전히 걸어 잠갔다.

예상하지 못했던 축객에 정범은 뒷머리를 긁적였다.

'쉬운 일이 없군.'

우선은 물러나고 다음을 기약할까?

정범은 고개를 내저었다.

시간이 얼마 남지 않았다.

제갈우현이 정확한 때를 말하지는 않았지만, 그렇게 여유롭지만은 않다는 사실은 알고 있었다. 시간은 이미 충분히 쓸 만큼 썼다.

똑똑.

다시 문을 두들겼다.

내부에서는 대답이 없었다.

똑똑.

"안에 있는 것 다 알고 있습니다."

드르륵—

문틈이 열리고, 흉악해 보이는 사내의 눈에 핏발이 섰다.

"그런 놈 없다니까."

"파산노사가 보내서 왔습니다."

다시금 거칠게 닫히려는 틈새로, 정범의 목소리가 빠르게 파고들었다.

"잠깐!"

부리부리한 눈을 가진 이가 아닌, 또 다른 사람의 목소리가 내부에서 다급히 들려왔다.

"파산노사께서 보냈다고?"

고개를 주억인 정범이, 문 틈새로 파산노사에게 받은 황금패를 비추었다.

짧은 침묵이 흐른 후.

끼이익—!

굳게 닫혀 있던 나무 문이 열렸다.

"들어오시오."

건장한 체구의 사내가 정범을 향해 말했다.

생각보다 건물 내부는 그리 어둡지 않았다.

햇빛도 안 비치는 구석에 위치한 데다, 분위기까지 으스스했지만 있어야 할 빛은 방 안 구석구석에 모두 존재했다.

그 안에서 정범의 두 눈에 가장 먼저 보인 인물은 작은 상에 앉아 술병을 기울이고 있는 사내였다.

'저자가 혈독수로군.'

정범은 확신했다. 사내에게서는 결코 옅지 않은 혈향이 느껴졌다. 문 앞에서 협박이나 하는 덩치만 큰 쪽과는 전혀 다른 느낌이다. 한편으로는 익숙하다는 생각도 들었다.

'어째서?'

처음 보는데 낯설지만은 않다.

의문을 떨친 정범이 혈독수의 앞으로 다가가 파산노사의 황금패를 식탁 위에 올려놓았다.

곁눈질로 그 패를 바라본 혈독수의 시선이 정범을 향했다. 시선이 마주친 후 무감각해 보이는 혈독수의 얼굴에 처음으로 표정이 떠올랐다.

"설마 했는데 진짜였군."

알 수 없는 말과 함께 조소(嘲笑)를 보인 혈독수가 파산노사의 패를 옆으로 치웠다.

"오해하지는 마. 설마 했던 게 확신이 되어서 그런 거니까."

"저를 아시는군요."

확신이 찬 음성이 흘렀다. 낯이 익다 생각하였는데, 혈독수의 두 눈은 그를 확신하고 있었다. 이쯤 되면 오히려 모르는 사이라는 게 이상할 정도다.

"제법 잘 알지. 오히려 묻고 싶군. 정말 나를 모르겠나?"

"……"

정범에게서 대답이 돌아오지 않자, 다시금 술잔을 비운 혈독수가 쓴 신음을 흘렸다.

"크으……. 기억이란 게 참 그렇다니까, 난 워낙 큰 피해를 입은 탓에 잊을 수가 없는데 말이지."

"혹시·제가 무슨 잘못을 한 적 있습니까?"

정범의 물음에 혈독수가 빈 술잔을 채우며 고개를 내저었다.

"내게 잘못한 건 없지. 다만 무언가 원한은 샀나 보더군."

"원한 살 일이야 적지가 않다 보니."

스스로 말하고도 어이가 없어 웃음을 흘린 정범이었다.

불과 얼마 전까지만 하여도 자신은 원한은커녕 무분별한 인연이라는 말 자체와 담벼락을 쌓고 살아가던 평범한 학사였다.

고향 사람들을 제외하고는 그 누구 하나 정범을 몰랐다. 마을의 희망이라고 하였으나, 작은 마을의 소박한 꿈일 뿐이었다. 결국 누가 알아주는 게 신기했던 사람이 곧 정범이었다.

한데 고작 일 년이 조금 넘는 사이에 누군가에게 이름을 알리고, 원한마저 쌓고 살아가고 있다. 새삼스레 강호인이라는 이름의 무게가 가슴에 새겨진다. 그 인(印)이 조금은 무겁기도 했다. 하나 마냥 부끄럽지만도 않았다. 적어도 대의(大意)를 위해 원한을 쌓았다.

그렇다면 감내할 줄도 알아야 한다.

언젠가 스스로 하늘을 보고도 부끄럼 없다고 자부할 수 있다면 그런 원한조차도 녹여 없앨 수 있을 것이라 믿고 있기도 하였다.

"나름대로 자부심이 느껴지는 얼굴이로군."

"그렇습니까?"

"적어도 스스로가 부끄럽거나, 말 못 할 사연이 많은 이들은 짓지 못하는 표정이야. 뭐, 그럴 만도 하지."

혈독수의 입에서 마지못해 인정하는 목소리가 흘러나왔다. 그도 그럴 게, 혈독수는 의뢰를 실패한 이후 나름대로 정범에 대해 알아보았다. 처음으로 그에게 세 배나 되는 위약금을 물어주게 한 사내에 대한 호기심은 신비할 정도로 크게 일어났다. 정보를 찾는 것은 어렵지 않았다.

누군가 은닉하지도 않았으며, 생각보다 중원 곳곳에 정범이 남긴 발자취가 많았기 때문이었다.

그 속에서 혈독수가 느낀 바는 하나였다.

정범은 의인(義人)이다.

정범의 큰 걸음 속에는 대부분 양민의 삶이 걸려 있었다.

아직은 그 흔적이 작아 보이기만 했지만 쌓이고 쌓여 담벼락을 만들기 시작한다면 천하의 모두가 알게 될 터였다. 천하를 돌보는 의인이 나타났다. 진정으로 천하를 논할 수 있는 새로운 대협이 탄생하는 것이다.

'그때까지 살아남는다면 말이지만……'

감명 받은 바가 없지는 않았다.

혈독수 본인이라면 생각지도 못할 일을 해 왔으니 말이다.

때문에 조금은 인정할 수밖에 없었다.

그리고 그렇기에, 의문이 들었다.

"파산노사의 패를 가지고 찾아왔다면 나에게 부탁할 게 있다는 건데, 어떻게 하지? 보시다시피 내가 좋은 사람 측에는 약지는커녕 새끼손가락도 담지 못한 몸이거든. 이런 사람도 괜찮은 건가?"

"글쎄요. 사실 저는 아직 당신에 대해 잘 알지 못합니다."

"멀리 볼 것 없어. 난 살수야. 어렵게 들린다면 쉽게 풀어줄까? 사람을 죽이는 일이 내 직업이지. 흐흐."

사실 혈독수는 기대했다.

그가 본 정범은 의인이다.

때문에 이런 말을 듣는다면 저도 모르게 분개부터 하리

라 생각했다. 하나 돌아온 정범의 답은 정말 예상외의 것이었다.

"모든 무림인과 같은 직업을 가지고 계시군요."

"……."

웃음을 흘리며 술잔을 들어 올리던 혈독수의 몸이 멈추었다.

"아닙니까? 제가 아는 모든 무림인은 결국 칼밥이라는 걸 먹습니다. 아무리 좋게 말해도 '칼'로 밥을 지어 먹는다는 이야기인데…… 결국 같은 것 아닙니까?"

혈독수의 얼굴이 살짝 구겨졌다.

"괴상한 논점이로군. 그들과 나는 같은 칼을 들고 있지만 밥을 먹는 수단이 엄연히 다르다."

"다르지만 같지요. 아, 물론 살수라는 직업을 옹호하는 건 절대 아닙니다. 다만 그런 이유 때문이었다면, 혈독수를 안 순간 이곳을 찾아오지도 않았을 거라는 말이지요."

"정말로 괴상한 말을 하는군."

의인. 단순히 그렇게만 생각했던 정범의 논리는 분명 혈독수의 상식을 벗어나 있었다. 이제는 그가 수집한 정보가 진짜가 맞는지 혼동이 올 정도였다.

"살수와 무인. 따로 나누지만 둘 모두 검으로 피를 보며 살아갑니다. 생각해 보면 저 역시 다를 바 없지요. 하면 이

상황에서 중요한 것은 단 하나뿐입니다. 올바른 일을 위해 검을 썼는가? 물론 올바른 위해 검을 썼다고 하여 모두 용서되는 것은 아닙니다만……."

"살수는 올바른 일을 위해 검을 쓰지 않는다. 오로지 돈과, 원한에 의해 움직이지."

혈독수의 얼굴 위로 조소가 떠올랐다.

너무나 괴상한 논리지만 일견 정범의 말은 옳은 구석이 많았다. 하나 올바른 검을 논한다면 이야기가 달라진다.

"단 한 번도, 다른 타인을 위해 검을 써 본 적이 없습니까?"

"더 들을 필요도 없는 헛소리로군. 살수는 늘 타인을 위해 움직인다. 돈, 원한. 모두 타인이 가지고 있기 때문이지. 흐흐."

"제가 묻는 타인은 그런 자들에 관한 것이 아닙니다. 누군가의 의뢰가 아닌, 자의로 타인을 위해 검을 써본 적이 없냐고 묻는 겁니다. 사소한 동정심에 의해서라도 말입니다. 만약 혈독수께서 그렇다고 대답하신다면, 저는 이 자리에서 그 패를 놓고 그만 물러나겠습니다."

"……."

스스로를 선인이라 생각해 본 적이 단 한 번도 없는 혈독수다. 그는 당당히 말할 수 있는 악인(惡人)이었다. 분명 그리 생각하고, 살아왔다. 하나 문득 눈에 보이는 파산노사의 패가 그의 마음을 가로막았다.

'정녕 나는 악인으로 살아왔는가?'

다시 물어도 이 질문에 대한 답은 같다.

'하면 악인으로 남고 싶은가?'

답이 돌아오지 않았다.

단 한 번도 타인을 위해 검을 써 본 적이 없던가?

고민하는 그를 대신해, 정범의 시선이 방 안 구석에서 조용히 침묵하고 있는 덩치 큰 사내를 향했다.

"생각보다 어려 보이는군요. 어떤 사람입니까?"

정범의 작은 질문이 혈독수의 마음을 흔들었다.

감추어 두었던, 다시는 열지 않을 것이라 믿었던 마음의 문이 틈새를 비춘다.

"빌어먹을 놈."

욕지기를 내뱉으며 흘러내리는 앞머리를 쓸어 올린 혈독수가 정범의 두 눈을 노려보았다.

"아후는 어린 시절 내가 거둔 아이다. 네 말대로 불쌍한 녀석을 돕는다는 생각으로 처음으로 검을 쓴 날이었지."

이쪽 이야기는 아무것도 들리지 않는다는 듯 정면만을 바라보던 덩치 큰 사내, 아후가 놀란 눈이 되어 혈독수를 바라보았다.

"그래, 나에게도 조금은 있었지. 이 넓은 강호에서 영웅이라는 이름으로 불리고 싶던 시절이 존재했어. 하지만 다 옛 이야기다."

혈독수의 성토 같은 큰 목소리에, 미소를 보인 정범이 고개를 주억였다.

"영웅이 되어 달라는 말이 아닙니다. 단지 제 등을 믿고 맡길 수 있는 동료가 되어주길 원할 뿐이죠."

"동료……."

혈독수의 입가로, 묘한 쓴 맛이 감돌았다.

살수는 외로운 존재다.

언제나 혼자고, 때문에 강할 수 있다.

언제든지 모든 것을 버릴 수 있기에 무섭다.

그런 그에게 동료를 논하는 정범은 몇 번을 다시 보아도 이상한 사람에 불과했다.

'의인이라고? 그냥 미친놈 아냐?'

떠오른 생각에 저도 모르게 헛웃음을 흘린 혈독수가 꽉 채운 술잔을 기울인다.

"크으……."

쓰게 넘어가는 싸구려 술 한 잔이 식도를 넘어가 가슴 한 편을 뜨겁게 데운다. 별것 아닌 말장난이라는 이야기로 던져진 장작에 불이 붙는다.

"동료는 쥐뿔. 잊지 마. 살수에게 등이란 찌르라고 있는 거다."

혈독수의 두 눈이 크게 휘었다.

*   *   *

정범은 실상 단순히 파산노사의 추천으로 혈독수를 찾아 갔었다.

그가 살수라는 것은 말한 바 있듯 개의치 않았다.

하나 만나 보고 영 아니다 싶으면 제안조차 꺼낼 생각이 없던 것만은 분명했다. 하나 혈독수는 정범의 마음에 들었 다.

우선 감이 좋았다.

그리고 두 번째로, 눈이 맑았다.

'시궁창 속에도 때로는 진주가 존재하는 법이지.'

살수라는 직업은 실상 강호라는 넓은 호수에서도 가장 더럽고 추악한 시궁창에서 살아가는 이들이라 불려도 과언 이 아니다. 누군가에게 부담되는 혹은 두렵거나 더러운 똥 을 치워내는 해우소와 같은 역할을 맡으니 말이다. 때문에 혈독수는 스스로를 악인이라 말하였다. 또한 그리 믿고 있 었다.

하나 정범은 그런 혈독수의 눈에서 반짝이는 빛을 보았다.

기대, 희망.

스스로는 부정할지 모르지만 분명 혈독수는 그러한 감정을 가지고 있었다. 그렇다면 충분하다. 그 어둠 속에서도 빛을 담고 있는 사람이라면 신의를 쌓을 수 있다. 정범은 분명 그리 믿었다.

'이걸로 셋.'

화평, 전동에 이어 혈독수까지 추마 이대로 포섭했다.

실상 이쯤 되니 정범도 마음이 든든한 느낌이 들었다.

심성도 심성이지만 발목을 잡아서는 안 된다.

힘든 싸움에 짐이 는다면 서로에게 피해만 커질 뿐이다.

'굳이 목표 인원수까지 모을 필요도 없겠어.'

본래 목표했던 바에 비하자면 수는 부족했지만 충분하다. 시간도 얼마 남지 않은 때이니 굳이 무리를 하고 싶은 마음도 없었다. 정범은 편안한 마음으로 임시 무림맹으로 돌아가 제갈우현을 만나 혈독수에 대해 알렸다.

살수라는 말에 조금 놀란 표정을 지었지만, 그는 곧 대수롭지 않게 고개를 주억였다.

"비천검 대협이 고르셨다면 합당한 인물이겠지요! 안 그래도 이 주야 뒤쯤 첫 임무가 시작될 예정이었는데 딱 맞

쳐 모으셔서 다행입니다. 인원이 조금 적은 게 걱정이긴 한
데…… 뭐, 그게 전부는 아니니까요."

드디어 모두 끝났다.

예상대로 얼마 남지 않은 시간은 스스로를 위해 쓰기로
다짐한 정범은 마지막으로 추마대 건물을 방문했다. 화평
과 전동 등에게도 혈독수의 합류 소식을 알리기 위함이었
다. 예상하지 못했던 것은, 그곳에 합류한 새로운 인물들이
었다.

"정 형?"

"이런 곳에서 뵙는군요!"

"초 아우? 구 대협?"

언제 합류했는지 초우와 구종후가 추마대의 연무장에서
무기를 휘두르고 있었다.

정범의 얼굴에는 곧바로 반가운 화색이 돌았다.

'이거 생각보다 더 든든해지겠구나!'

두 사람은 실력과 신의, 모두 부족함이 없는 사람들이었
다. 더 이상 인원을 모으려고 하지 않았던 정범은 자연스레
두 사람에게 추마 이대에 대한 이야기를 꺼냈다.

"그런 일이라면 언제든지 괜찮지요. 하하!"

초우가 먼저 웃음을 터트리며 고개를 주억였다.

"저도 정 대협과 함께하고 싶습니다."

구종후도 어렵지 않게 합류를 선택했다.

결국 어찌하여 목표했던 다섯을 모두 채워 버렸다.

새삼스레 제갈우현의 마지막 말이 떠올랐다.

'그게 전부는 아니라고 했던가?'

어쩌면 그는 처음부터 이런 상황을 상정했는지도 몰랐다.

"이거 정 형이 여기에 있는 걸 사매가 알면 더 슬퍼하겠구먼. 추마대에 올 수 있는 기회가 있었는데."

"짐이 되는 걸 워낙 싫어하는 아이지 않습니까."

초우의 농담에, 구종후가 웃음을 보이며 말한다.

"본래 휘 소저도 추마대에 오려고 했나 보군요."

"아니, 내가 같이 가자고 했는데 자기는 이런 무력 집단에 짐이 될 뿐이라고, 다른 곳으로 간다더군요. 똑똑한 아이니 잘 선택하겠지요. 하하."

"그렇군요."

휘설연이 없어서 다행이다.

저도 모르게 떠오른 생각에 정범의 가슴이 크게 뛰었다.

'내가 왜?'

딱히 휘설연이 불편하다고 생각한 적은 없다. 그렇다면 부족한 무공 실력 탓일까? 아니다. 휘설연의 무공은 뛰어나다 할 수 없지만 그녀의 지혜는 특별하다. 직전제자를 하나도 두지 않은 파산노사에게 가장 많은 가르침을 받은 그녀였으니 옆에 둔다면 큰 도움이 되리라. 그럼에도 불구하고 저도 모르게 휘설연을 멀리하는 생각을 먼저 떠올렸다. 이유는 쉽게 찾아지지 않았다.

"저기 북궁 소저도 오는군요."

건너편, 먼 곳에서부터 오랜만에 외부로 나온 북궁소의 얼굴이 보였다. 싸늘한 얼굴에 도도하게 이어지는 그녀의 걸음을 수많은 사람들의 시선이 좇는다. 어찌 되었든, 북궁소는 현재 이곳에 모인 사람들의 대주다. 또한 이번 무림대회의 당당한 우승자다. 얼굴을 비추는 횟수도 적으니 관심이 쏠릴 수밖에 없었다.

반면 정범은 그러한 북궁소의 등장 이후에야, 휘설연을 멀리했던 이유를 떠올릴 수 있었다.

'두 사람 사이의 기류가 좋지 않아.'

자세한 사정은 알 수 없지만 짐작은 하고 있었다.

두 사람이 만난 이후, 북궁소가 자신을 멀리했다.

또한 휘설연이 북궁소에 대해 이야기할 때 느껴지는 묘한 기류가 있다.

거기까지 생각이 미치자, 무언가 떠오른 정범의 눈에 화들짝 놀란 기색이 비쳤다.

'설마 휘 소저도 나를……?'

가능성이 없지는 않았다.

하나 확신하기에는 너무 불확정적인 부분도 많았다.

정범은 빠르게 생각을 접고, 머리를 비웠다.

단순히 마음의 고민이 만든 잡념(雜念)이라는 생각이 든 탓이었다.

그러는 사이, 입술 한 번 떼지 않은 채 북궁소의 모습이 완전히 사라졌다. 목적을 위한 외출이다. 혹여 이번에는 목소리라도 들어볼 수 있을까 기대했던 사람들의 표정에 얕은 실망이 어렸다.

"철혈빙공……."

"완전 얼음공주로군."

주변에서 들려오는 목소리로부터 안타까움을 느낀 정범의 시선이 사라진 북궁소의 흔적을 좇는다.

"알 수 없는 여자라니까."

초우가 어깨를 으쓱하며 말했다.

＊　　　＊　　　＊

그로부터 정확하게 이 주야 뒤.

제갈우현의 등 떠밀기에 작은 단상 위에 올라선 정범은 크게 놀라고 말았다.

"이건……."

단상 아래에는 익숙한 얼굴들이 많았다.

화평, 전동, 초우, 혈독수, 구종후 등.

하나 처음 보는 이들도 넷이나 존재했다.

전혀 예상치 못한 결과에 얼떨떨한 표정을 한 정범의 시선이 제갈우현을 향했다.

"비천검 대협의 명성을 따라 모인 사람들입니다. 힘내십시오. 추마 이대주."

어깨를 으쓱하며, 간단한 답을 내려준 제갈우현이 가벼운 걸음으로 멀어져 갔다.

'명성에 의해 모인 사람들…….'

명성이란 것을 얻기는 했지만 그것을 이번처럼 실감나게 느낀 적은 단 한 번도 없었다. 아무것도 하지 않았는데 알 수 없는 사람들이 그를 따라 나섰다. 설레기도 하고, 당황스럽기도 하였다. 애당초 예상했던 다섯에서 두 배 가까운 숫자의 인원이 단숨에 모였으니 말이다.

게다가 자리 잡은 이들 중 누구 하나 만만한 실력을 가진 이가 없었다.

가슴이 떨렸다.

생각 외의 일에, 무슨 말을 해야 할지 몰라 당황하던 정범이 조심스럽게 입을 열었다.

"앞으로 잘 부탁드립니다."

더 이상 긴 말은 떠오르지도 않았다. 실상 필요도 없었다.

모두가 정범에게 기대하는 것은 유려한 언사 따위가 아니었다.

임무는 이미 제갈우현을 통해 하달되었다.

남은 것은 실력 행사다.

그날 오시(午時).

추마대와 추마 이대.

임시 무림맹이 만든 최정예 타격대가 동시에 소룡촌을 벗어나 임무를 시작했다.

第五章

추격

정범의 추마 이대는 대다수가 과묵한 편이었다.

모두가 낯선 탓도 있겠지만, 여태껏 홀로 활동하던 이들이 대부분인 사실이 가장 컸다. 그 와중에 유독 말이 많고 시끄러운 초우는 확실히 눈에 뜨이는 인물이었다. 심지어 초우는 친화력마저 좋았다. 소룡촌을 떠난 지 고작 이 주야 만에, 추마 이대에 속한 인물들 대다수와 이야기를 나눠 본 초우가 웃는 얼굴로 정범에게 다가와 떠들었다.

"저기 계신 저 수염 많은 분은 본인이 장 익덕의 후손이라더군요. 창술 하나만큼은 자신 있다 하시고 아, 저기 저 분은 꽤나 예전에 검술로 유명했던 합비오가(合淝悟家)의 후손이라고 알고 있습니다. 저도 몇 번 얼굴만 본 적 있던 분인데 여기서 함께할 줄은 몰랐지요. 하하. 본래 합비오가의 세류일검은 합비제일로도 칭송받았었으니 실력이 만만치 않을 겁니다. 또⋯⋯."

초우는 정범이 잘 알지 못하는 네 사람에 대한 정보를 전달해주었다.

"저기 둘은 형제라더군요. 동정호 근처에 있는 호아촌에서 거지 생활을 했었는데, 운이 좋아 지금은 돌아가신 스승을 만나 무공을 익혔다고 합니다. 자세히 말은 안 하는데 둘 다 곤(棍)을 무기로 하는 데다 날렵한 체형을 한 것을 보니 전대 고수인 질풍곤(疾風棍)의 제자일 확률이 제일 높은 것 같습니다. 마신교가 나타났을 때 질풍곤이 갑작스럽게 모습을 감추었으니 시기상으로는 거의 정확하고요."

확실히 초우가 가진 무림에 대한 지식은 엄청나게 방대했다. 단순한 특징과 몇 가지 성향만으로 상대가 말하지 않은 것까지 파악해 낸다. 대주의 입장에서 사람을 부려야 하는 정범으로서는 여러모로 도움이 되는 이야기들이었다.

'동생 측은 조금 여려 보이는군.'

단순한 인상일 뿐이지만 고집 있고 강렬해 보이는 형 측과 달리 어린 동생 측은 눈매가 순했다. 물론 인상이 그 사람의 성격을 모두 좌우하는 것은 아니지만 어느 정도 영향이 있을 수도 있었다.

"떠드는 것을 좋아하는 걸 보니 입 때문에 망할 관상이 로군. 시끄러워서 잠을 못 자겠네."

달리는 말 위에서, 눈을 감은 채 꾸벅꾸벅 졸던 전동이 초우를 향해 눈을 부라리며 말한다.

"하하, 그렇게 보일 수도 있겠군요."

기분 나쁠 말임에도 불구하고 웃음을 보이며 대수롭지 않게 넘긴 초우의 눈이 반짝 빛났다.

"한데 전동 대협 맞으시죠? 처음부터 묻고 싶었는데 계속 주무시기만 하셔서."

"맞으면 맞는 거지. 아닌 건 또 뭘까. 난 네놈 같이 입 싼 놈이랑 대화하고 싶지 않다. 그리고……."

잠시 망설이던 전동이 한숨을 내쉬며 정범을 향해 말했다.

"질풍곤이 갑작스럽게 잠적한 건 마신교 놈들한테 부인과 팔 한 짝을 동시에 잃어서다. 절대 겁먹어서 숨거나 그런 건 아니야."

"스승님에 대해 알고 계십니까?"

질문은 뒤편에서 아무런 대화 없이 말을 몰고만 있던 두형제 중, 더 나이가 많아 보이는 측으로부터 날아왔다. 초우가 떠드는 바가 대주인 정범에게 중요하다 생각하여 입을 다물고 있던 마당인데, 예상치 못했던 스승의 이야기는 도저히 모른 척을 할 수가 없던 탓이었다.

"알기는 무슨. 그저 우연히 만나면 인사나 하는 사이였지."

전동이 대수롭지 않다는 듯 손을 휘저으며 말한 후 다시금 눈을 감고 고개를 꺾었다. 무언가 바라는 것이 있는 듯, 입술을 읊조리던 형제는 곧 평정을 되찾았는지 한숨을 내쉬며 고개를 끄덕인 후 정범을 바라보았다.

"숨길 것도 없이 우리는 질풍곤이라는 위명으로 잘 알려지신 분의 제자가 맞습니다. 그리고 전동 대협의 말씀대로…… 스승님은 단 한 번도 잠적하시려고 마음먹은 적이 없었습니다. 돌아가시기 직전까지도 그날을 잊으신 적이 한 번도 없으셨습니다."

두 형제의 눈에서 강한 열기가 피어올랐다.

스승에 대한 자부심.

결코 스승의 이름을 욕되게 하고 싶지 않은 두 제자의 깊은 마음이다. 정범은 미소로 그 마음을 받았다.

"눈앞의 두 분을 보니 질풍곤 대협이 어떤 분이셨는지 잘 알 것 같습니다. 작은 오해도 없으니 너무 걱정 마시지요."

"감사합니다. 비천검 대협."

지금은 많이 사라졌지만, 마신교의 난 당시 그를 피해 숨어들었던 무림인들은 비겁자라는 낙인을 마음에 품은 채 살아야 했다. 질풍곤이라는 이름 역시 그와 같은 낙인을 피할 수는 없었다. 때문에 두 사람은 무림에 나와서도 함부로 스승의 이름을 읊을 수 없음에 쓴 눈물을 삼켜야 했던 적이 적지 않았다. 이런 예상치 못한 곳에서, 죽은 스승의 흔적을 인정받을 줄은 몰랐던 만큼 감동도 컸다.

"소개가 많이 늦었습니다. 저는 조창이라고 합니다. 이쪽은 동생인 조현이고요."

"조현입니다."

"조창, 조현."

두 형제의 인사에 웃음을 보인 정범이 고개를 끄덕였다.

"앞으로 잘 부탁드립니다."

"예. 대주. 그리고…… 편히 말씀하셔도 됩니다. 아무래도 대주시니까요."

형제 중 형이라고는 해도, 이중에서는 제법 젊어 보이는 조창의 말에 정범이 살짝 턱을 쓰다듬으며 고개를 주억였다.

"고민해 보겠습니다."

실상 정범은 남들을 편히 대하는 것이 어려웠다.

상대방이 어려워서라기보다는, 스스로를 절제하지 못하

는 상황이 올까 무서웠다. 편하다는 것은 그만큼 사람 관계에 있어 부담도 커진다는 것을 의미하니 말이다. 하지만 대주라는 직위를 따지자면 생각해 볼 만도 했다.

"거 기왕 소개하는 분위기가 된 김에 나도 한 몫 끼어야 겠구려. 대충 들었겠지만 장 익덕의 후손! 장호요. 앞으로 잘 부탁드리오. 대주."

어깨 위로 둘러 올린 장창을 움켜잡으며 누런 이를 보인 장호가 웃음을 보인다. 다소 과격해 보이는 인상 탓에 자칫하면 산적으로 오해할 법한 외모지만 눈망울만은 선하다. 그 눈빛이 제법 마음에 든 정범이 고개를 주억였다.

"오호대장군의 후손이라니 듬직하기 그지없군요. 정범이라고 합니다."

"내 대주의 실력은 소문으로 들어 잘 알고 있지. 그래도 궁금하니 나중에 기회 될 때에 한 수 부탁드려도 되겠소?"

"기회가 된다면 얼마든지요."

"푸하하. 화통해서 좋구려!"

여태껏 대체 어떻게 과묵하게 있었던 것인지, 한번 입을 놀리기 시작한 장호의 입담은 초우 못지않게 이어졌다. 어떤 의미로는 더욱 거침이 없기도 했다.

"거, 피 냄새 짙은 양반이랑, 합비오가의 영웅께서는 성함이 어찌 되시오?"

모두가 떠들 때에도, 말 위에서 한 마디도 하지 않은 채 품에 안은 검을 바라만 보고 있던 장년 사내와 혈독수를 향해 장호의 질문이 이어졌다.

"……오이한."

장년 사내는 필요한 말 외에는 달리 하고 싶지 않다는 듯, 그 말을 끝으로 시선을 품에 안은 검으로 향한 채 입을 다물었다.

그 모습을 자세히 지켜보다, 검에서부터 전해지는 짧은 떨림을 느낀 정범의 눈이 이채를 발했다.

'검과 대화를 하고 있는 건가?'

사내는 말수가 적은 편이기에 과묵한 편으로 보였다. 하나 생각 외의 굉장한 수다쟁이일 수도 있었다. 단지 그 수다의 대상이 사람을 향하지 않을 뿐이었다.

'실력만 치자면 전 대협 못지않겠어.'

실제로 검을 뽑을 때의 기세가 기대되는 사내다.

어쨌든 기회를 잡은 덕분에 처음 안면을 튼 대원들의 이름을 모두 머릿속에 새긴 정범이었다.

"영웅의 성함은 그렇고, 거기 피 냄새……."

"혈아."

"혈아? 그게 이름이오?"

장호의 질문에, 눈살을 크게 찌푸린 혈독수가 눈을 부라렸다.

"난 두 번 말하는 걸 싫어한다. 기억해 둬라."

"뭐?"

"자자, 그만. 서로 굳이 길가에서 싸울 필요는 없지 않습니까."

혈독수의 과격한 언행에 장호의 미간이 꿈틀거리자 재빨리 나선 초우가 두 사람 사이에 끼어들었다. 고작 소개하는 자리에서부터 싸울 필요는 없다. 다행히도 장호 역시 그렇게 급한 성격만은 아니었는지 콧김을 내뿜으며 마음을 가라앉힌다. 혈독수를 보는 시선에 적의가 깃드는 것은 어쩔 수 없었지만 말이다.

'저 두 사람은 문제겠군.'

혈독수는 굳이 건드리지 않으면 문제가 없다.

싸울 때에도 제 몫은 충분히 다 할 것이라 믿었다.

문제는 상대가 먼저 자극에 나설 때다. 지금 한 수 접어준 장호가 두 번째에도 그러란 법은 없으니 두 사람은 유의 깊게 지켜봐야 할 이유가 있었다. 어찌 됐든 하나의 대로 묶인 이상 서로 이빨을 세워봐야 좋을 것은 어디에도 없으니 말이다.

그러고 보니, 한 가지 의문점이 떠올랐다.

'듣고 보니 모두 마신교와 연관이 있구나.'

아직 사연을 따로 밝히지 않은 장호를 제외하자면 예상 외로 합류한 인물들 중 조가 형제와, 오이한 모두 마인들과 유쾌하지 않은 인연을 맺고 있는 이들이다.

'마도라……'

문득, 기섭의 얼굴이 떠올랐다.

스스로를 마인이라 밝혔지만 당당하였던 무인.

부끄러움 없이 누군가에게 피해를 끼친 적 없는 이들이 모여 있다면 마도 역시 하나의 길로 인정할 수 있을지도 모른다.

'가능할 리 없지.'

하나 정범은 그 가능성을 모두 접었다.

마도가 마라 불리는 근간에는 분명 어둠이 존재한다.

그 어둠이 인륜을 져버리는 것인 이상 아무리 사람이 당당하고 옳다 하여도 정범은 마도라는 길을 평생 용납할 수 없을 터였다.

*　　　*　　　*

임시 무림맹 장로의 거처.

본래 떠나려 했던 걸음을 멈춘 채 숨을 죽이고 있던 남소광의 눈이 이채를 발했다.

"추마 이대가 출발했다고?"

"예."

마주 앉은 하선욱이 깊숙이 고개를 숙인다.

"이번에는 확실하겠지?"

남소광이, 조금은 못 믿음직한 눈빛으로 그런 하선욱을 바라보았다.

"네. 그림은 완벽합니다. 형주라는 무대도 그렇고, 시기도 딱 알맞습니다."

하선욱은 잃어버린 신뢰를 되찾기 위해 꾸민 이번 계획이 성공할 것이라 자부했다.

'어떻게 해서든 다시 마음을 얻어야 한다.'

남소광은 분명 얼마 전 마주한 제왕에는 못 미치는 그릇이다. 하나 결코 부족한 인물 또한 아니다. 그가 가진 인맥과 재력, 힘은 노름판에서 운으로 딸 수 있는 종류가 아니었다. 때문에 어떻게 해서든 남소광의 옆에 있어야만 했다.

'제왕이 군림하는 무림에서, 힘없는 자는 낙오된다.'

임시 무림맹이 만들어졌고, 부맹주로 북궁단청이 올라섰다. 하선욱은 자신이 생각했던 최악의 미래를 현실에 일어날 수 있는 가정으로 꼽기 시작했다. 그 시대에 있어, 남소광 같은 울타리는 흔치 않다. 제왕의 수족이 될 수 있다면 좋을 테지만 그렇지 못한다면 울타리 속에 웅크려야 한다. 남소광마저 그를 내친다면 아버지인 하형운도 구제하지 못할 터였다.

이번 기회에 심혈을 기울여 맹독의 칼날을 다듬어 내야지만 자신이 살 수 있다.

때문에 하선욱은 정말 전력을 다해 계획을 수립하고 충분한 발판을 마련했다.

"네놈의 마지막 발악이라는 말에 아끼고 있던 '놈'도 내줬다. 한번 얼굴을 보인 암수(暗手)는 의미가 없지. 이번에도 실패한다면 두 발로 이 문 밖을 벗어날 수 없을 게다."

남소광의 차가운 목소리에, 살짝 몸을 떤 하선욱이 미소를 지으며 고개를 들었다.

"물론입니다."

실패할 리 없다.

실패할 수 없다.

완벽한 도화지에, 훌륭한 붓과 먹이 놓였다. 심지어 그 붓을 휘두르는 사람마저도 명필(名筆)이라 불리기에 부족함이 없는 솜씨다. 남소광이 저토록 예민한 것이 이해가 될 정도의 인물. 하선욱도 실패를 떠올리지는 않았다.

이번 계획에서, 눈엣가시로만 밟히던 정범을 제거한다.

'혈독수…… 네놈도 함께다.'

내심 이를 가는 하선욱의 눈빛에 조금은 흡족한 표정을 보인 남소광이 손을 내저었다.

　"나가라. 다 번에 볼 때는 좋은 소식을 가지고 왔으면 좋겠구나."

　"꼭 그리 될 것입니다."

　하선욱이 호언장담을 남겼다.

＊　　＊　　＊

　정범 일행의 목적지는 형주, 그중에서도 동정호와 가까운 위치에 속한 강릉이었다.

　그 유명한 적벽과도 멀지 않은 위치에 자리 잡은 강릉은 형주의 중심에 자리 잡아 남소광이 이끄는 남도문의 영향력이 매우 강한 지역이기도 했다. 정범으로서는, 남도문과 척을 지며 쉽사리 들어설 수 없는 땅이기도 했다.

　'내가 이리 당당히 형주 내로 들어서게 될 줄은……'

　물론 정범은 남도문을 무서워한 적이 단 한 번도 없었다.

　언젠가는 동정호가 보고 싶어, 한 번쯤은 들렸을 확률도 높다. 하나 분명 이토록 당당히 들어서기는 어려웠을 터였다. 어쩌면 꽤나 피비린내 나는 관광이 됐을지도 모를 일이었다.

"관광 목적은 아니지만…… 강릉이라 하니 동정호가 보고 싶긴 하군요. 안 그렇습니까. 정 형?"

그런 정범의 마음을 읽기라도 한 듯, 옆에서 말을 몰던 초우가 웃음을 지은 채 말을 건다.

"기회가 된다면 나쁘지 않겠지요."

"동정호를 바라보며 마시는 술이 그렇게 좋다고 하더군요. 풍취도 있고 기왕이면 계집까지 있으면 더 나쁘지 않겠지요."

정범이 속내를 솔직히 밝히자 듣고 있던 장호도 은근슬쩍 끼어든다.

"술을 좋아하시는가 보군요."

"뭐, 남자라면 싫어할 수 없는 노릇 아니겠습니까?"

웃음을 보이며 말한 직후 장호의 얼굴에 살짝 민망한 기색이 어렸다.

어찌 됐든 그는 장 익덕의 후손이라 자랑하는 만큼, 그 강렬한 최후에 대해서도 잘 알고 있었다. 때문에 술을 좋아한다고 말할 때마다 은근히 부끄러운 마음을 감출 수가 없었다. 후손이라면 마땅히 선조의 자랑스러운 면모를 본받고, 부족한 점은 메워야만 했으니 말이다.

"피는 속일 수가 없긴 한가 봅니다. 그래서 최대한 주사

(酒邪)는 주의하려 하고 있습니다. 대주."

정범은 아무런 말도 하지 않은 채 미소를 보였다.

괜한 말로 장호의 민망함을 더해줄 필요는 없었으니 말이다.

"술? 동정호를 앞에 두고 마시는 술은 좋지. 임무가 끝나면 한 번쯤 둘러보는 것은 나도 찬성이다."

대신하여 반응한 것은 눈을 감은 채 졸고 있던 전동이었다. 감겨 있던 눈이 활짝 열린 것 정도가 아니라 밤하늘 별빛처럼 반짝였다.

"오, 천하의 전동 선배께서도 술은 좋아하시나 봅니다."

"술이야말로 인생의 단맛과 쓴맛을 모두 담은 고진감래(苦盡甘來)와 같을진대 어찌 싫어할 수 있겠느냐?"

"이야, 과연 선배. 인생의 격언입니다그려!"

"이름이 장호랬나? 이중에 네가 유일하게 마음에 드는 것 같구나."

두 사람이 서로 합이 맞아 신나게 떠드는 사이였다.

가장 앞서 말을 몰던 정범이 빠르게 손을 든다.

"싸움입니다."

정범의 다급한 목소리에 순식간에 소란이 멎었다.

지면을 박차는 말발굽 소리를 제외한 짧은 침묵이 흐른다.

"안 들리는데? 대체 어디서 싸움……."

"이쪽입니다."

전동의 불만이 채 끝나기도 전 머리를 좌측으로 돌린 정범이 빠르게 말을 몰아나갔다.

"같아 갑시다!"

"대주!"

자연스레 정범을 따르는 추마 이대의 꼬리가 이어졌다.

그 광경을 불만에 찬 표정으로 바라보던 전동이 혀를 찼다.

"하여간에 사람 귀찮게 하는 관상이라니까. 대체 어디서 싸움 소리가 들린다고. 쯧쯧."

전동의 느긋한 말이 가장 후미에서 뒤를 따랐다.

*　　　*　　　*

정범이 싸움이라고 외친 것은 철과 철이 부딪치는 소리를 명확히 들었기 때문이다. 뒤를 이어 들려온 목소리는 비명, 기합, 웃음소리, 울음소리, 너무나도 다양해 차마 분간을 해낼 수가 없었다.

그 소리는 정범과 함께 말을 돌린 추마 이대의 다른 인원들도 얼마 가지 않아 들을 수 있었다.

진짜 싸움이다.

다른 대원들의 얼굴에는 감탄이, 전동의 얼굴에는 놀라움이 어렸다.

하나 그 다양한 표정들이 모두 같은 하나로 통일되는 데에는 오랜 시간이 걸리지 않았다.

"사, 살려주세요!"

"제발! 아이만은!"

"끄아악—!"

눈앞에 펼쳐진 광경은 싸움이 아니다.

마을을 향한 일방적인 학살이다.

몇몇 주민들이 농기구나 도움이 될 법한 무기를 들고 반항해 보았지만 결과는 다를 바 없었다.

"백린의 뜻에 반하는 자! 모두 죽어서 하나가 될지어다!"

"백린일통(百隣一統)!"

"천하백린(天下百隣)!"

도깨비를 닮은 청색가면을 쓴 사내가 검을 하늘 높이 들어 올리며 외치자, 회색 가면을 쓴 신도들이 하나 된 목소리로 후렴을 토하며 검을 휘두른다.

농기구를 든 젊은 아버지가 순식간에 목이 달아난다. 비명을 내지르는 부인의 가슴에 검이 깊숙이 박히는 것은 순식간이다.

"이놈들!"

정범의 노한 음성이 그들 머리 위를 무겁게 짓누른다.

콰앙—!

말에서 뛰어 오를 때는 새처럼 가뿐했던 움직임이 지면에 닿는 순간 천근과 같은 무게를 싫은 것처럼 묵직하게 떨어진다. 과장스러운 등장으로 단숨에 주변의 시선을 끌어모은 정범이 검을 뽑았다.

"용서하지 않겠다."

짧은 목소리를 남긴 정범은 그야말로 떨어지는 벼락과 같이 움직였다. 뇌보를 통해 다시 한 번 도약한 후, 적의 머리로 추정되는 청색 가면의 몸통을 단숨에 양단한다. 놀란 감정으로 가득한 청색 가면의 무인은 타고 있던 말과 함께 두 동강이 나 혈호(血湖)를 만들었다.

반응할 틈도 없이 벌어진 일에 놀란 회색 가면의 백린교 잔당들이 입을 벌릴 때였다.

"이 사악한 놈들! 대체 이 무슨 끔찍한 일이란 말이냐!"

언제 앞질렀는지, 가장 후미에 쳐져 있던 전동이 그 별호가 아깝지 않게 날아와 일 장을 내지른다. 적지 않은 힘이 실린 일 장에 고개를 돌리던 백린교 잔당들이 비명을 토하며 허공으로 날아오른 후 거세게 바닥으로 떨어진다.

쿵—!

핏물을 쏟는 그들의 최후를 차가운 눈으로 바라본 전동의 시선이 정범을 향했다.

'저게 말로만 듣던 이기어검인가?'

어느새 허리춤에 차고 있던 네 자루 검 중, 세 자루를 허공으로 날린 정범이 죽음의 신이 되어 마을 곳곳을 뛰어 다닌다. 백린교의 무리 중 그러한 정범을 막을 수 있는 이는 누구도 없었다.

'저거 숫제 괴물이잖아?'

어느 정도 짐작은 했다. 대단할 것이라고 짐작되는 일이 한둘이 아니었으니 말이다. 하나 생각보다도 더 엄청난 괴물이었다.

'저 나이에 저 정도면 북궁 놈하고 비견해 봐도……'

떠오른 생각에 너무 놀라, 재빨리 고개를 저은 전동이 다급히 목소리를 높였다.

"그, 그만. 대주. 그만! 한 놈쯤은 살려둬야 고문을 하든 심문을 하든 할 거 아니야!"

수십이 넘던 백린교의 무인들을 눈 몇 번 깜짝할 새에 모두 베어 넘긴 정범의 검이 마지막 피를 보려 한 순간이었다.

우뚝―!

너무 놀라 어찌 반응하지도 못하는 백린교 무인의 목젖

바로 앞에서 검을 멈춘 정범이 차가운 숨을 토했다.

후우—!

이마 위로는 작은 식은땀이 방울방울 맺혔다.

순식간에 힘을 폭발시키며 생각보다 많은 내력이 소모되었다. 닭 잡는 데 소 잡는 칼을 쓴 것과 마찬가지다. 그렇지만 덕분에 더 많은 사람을 구할 수 있었다. 또 다시 같은 상황이 온다면 정범은 망설이지 않고 처음과 같은 행동을 할 터였다.

"무리했어. 그만 쉬어. 뒤는 맡기고."

크게 역동하는 정범의 어깨 위에 손을 얹은 전동이 말한다. 뽑았던 네 자루 검을 다시 회수하며 고개를 돌린 정범이 전동을 향해 고개를 숙였다.

"부탁드리겠습니다."

*   *   *

생각지도 못했던 화(禍)를 당한 마을 사람들은 넋이 나간 듯 완전히 불타버린 마을을 바라보았다. 집이 무너졌으며, 밭이 탔다. 일을 할 수 있는 젊은 사람들의 대다수가 허망하게 목숨을 잃고 자라나던 새싹들마저 짓밟혔다. 울음소리조차 나오지 않았다. 몇 남지 않은 생존자들은 그저

허망한, 공허한 눈동자로 이제는 존재할 수 없는 자신들의
마을을 바라만 보고 있었다.

"빌어먹을⋯⋯."

"개자식들."

그런 마을 사람들의 뒷모습을 바라보던 장호와 초우가
욕지기를 내뱉었다.

"형⋯⋯."

"그래, 이게 우리 사부님이 당한 것과 같은⋯⋯."

조창과 조호는 두 주먹을 움켜쥐며 몸을 떨었다.

오이한은 여전히 말이 없었다. 다만 검을 쥔 손에 힘이
들어간 것만은 분명했다. 와중에 평정을 가지고 있는 이는
혈독수 하나뿐이었다. 오로지 그만이 무감정한 눈빛으로
모든 것을 잃은 사람들을 대면할 뿐이다.

차가운 침묵이 흘렀다.

"틀렸어. 정신이 하나도 없어. 제 이름도 기억하지 못하
더군."

그 무거운 틈새로 고개를 내젓는 전동이 모습을 드러냈
다. 경험이 있으니 나름대로 심문에 자신이 있다고 나섰는
데, 사로잡은 백린교의 무인은 완전히 이성이 사라진 상태
였다.

"주술입니까?"

나무그늘에 기대서 멍하니 어둠이 내려앉은 마을 사람들의 어깨를 바라보던 정범이 물었다.

"사술이라고 장담하기는 그런데…… 조금 이상해. 고통이라든지 공포는 분명히 느끼고 반응하는데 이성이 완벽하지 않아. 어린아이 같다고 해야 할까? 그렇다고 보기에는 백린교에 대한 충성심이 과하고……."

정범의 눈매가 깊게 패였다.

전동의 말로 알아낼 수 있는 바는 몇 없었다.

그들의 본거지도, 목적도, 무엇 하나 명확하지 않다.

임시 무림맹이 제대로 돌아가며, 소식만 전해졌어도 이미 알고 있었어야 할 상황이다.

그러고 보니 남는 건 어쩌면 회색 가면을 쓴 백린교의 신도들조차 희생된 평범한 사람일지도 모른다는 사실이었다.

"아, 또 하나. 내공이 하나도 없더군."

"그게 말이 되는 소리입니까? 분명 저놈들이 농기구랑 사람 목을 한 번에 베는 걸 보셨지 않았습니까?"

놀란 장호가 전동의 말에 반박하고 나섰다.

일반적으로 타고난 힘이 신력(神力)이라 부르기에 부족함이 없다면 그럴 수도 있다. 하나 대체적으로 그러한 신력을 가진 이들은 체형에서부터 차이가 나기 마련이다. 하나 대다수의 회색 가면 신도들은 그리 좋은 체격을 갖고 있지 않았다. 잘 쳐줘봐야 일반적인 농민 수준이다. 내력이 없으면 단숨에 사람 목을 자르는 것조차 힘들어야 마땅했다.

"나도 그게 의문이야. 그 부분은 조금 더 조사해 봐야겠지만……."

"끄아아악—!"

갑작스럽게 들려온 끔찍한 괴성에 모두의 시선이 단숨에 전동이 회색 가면의 사내를 가두어 두었던 작은 헛간을 향했다. 정범과 전동의 신형이 동시에 움직였다.

벌컥—!

문을 열어젖히자 온 몸이 뒤틀리다 못해 전신 구멍이란 구멍에서 모두 피를 쏟아내며 말라비틀어진 끔찍한 시체의 모습이 보였다.

꿀꺽—!

침을 짙게 삼킨 전동이 말했다.

"미리 말하는데 내 고문이 저렇게까지 끔찍하지는 않았어."

"알고 있습니다."

정범이 고개를 주억였다.

고개를 들이밀었던 의심에, 확신이라는 밧줄이 매였다.

*　　　*　　　*

늦은 밤.

마을 사람들을 이끌고 새로운 주거지까지 인도하기로 한 추마 이대 사이로 수많은 대화가 오갔다. 마교, 또는 백린교라 불리는 이들에 대한 이야기다.

추측성이 대다수였지만 확실한 이야기도 존재했다.

우선 백린교는 기이한 사술을 통해 일반인조차 무림인과 같이 변환시킬 수 있다. 하나, 시간이 어느 정도 지나면 죽음을 맞이한다. 또한 이렇게 변형된 사람들은 자아(自我)를 상실한다. 이것만으로도 이미 충격적인 이야기였다.

"일반적인 사람이 잡혀서 저렇게 되는데, 무림인이 사로잡히기라도 한다면……."

초우가 침을 꿀꺽 삼키며 주먹을 쥐었다.

"이미 사로잡힌 사람도 여럿 있지 않겠습니까?"

구종후는 걱정 어린 음성을 흘린다.

"대체 무림맹에서는 왜 이 사실을 말해 주지 않은 거야!?"

분노한 장호가 바닥을 강하게 내리치며 외쳤다. 그는 의문을 느꼈지만, 이 자리에 모인 대다수는 이미 이유를 알고 있는 이야기였다.

"임시 무림맹이 제 역할을 못 하고 있다는 것 아닙니까. 이거?"

장호가 씩씩 분한 콧김을 내뿜으며 외쳤다.

임시는 임시일 뿐이란 걸까?

아니면 무능(無能)을 보여주기 위함일까?

임시 무림맹이 건립된 지 제법 시간이 지났지만 아직 정보가 정리되지 않았다. 의아한 일이었다. 제갈우현이 무능한 군사로 보이지도 않았으며, 각 부맹주와 장로직을 맡은 천하오패의 수장들도 멍청이가 아니다.

게다가 상대에게 연결할 수는 없지만 각 천하오패 내부에서는 전서구라는 빠르고 정확한 정보 전달 수단이 존재했다. 한데도 마도의 흔적이 가장 많은 지역에 파견된 추마대에 아무런 정보도 전달되지 않을 수 있는 경우는 두 가지가 남았다.

"내부에 간자가 있거나, 전서구가 모두 잡히고 있다."

짧게 말을 흘린 혈독수의 눈에 스산한 살기가 흘렀다.

상식적으로 생각하면 전자가 더 의심이 갔다.

전서구의 숫자는 적지만 모두 비밀리에 움직이며 하늘을

통해 이동한다. 알아내기도 어렵지만, 사로잡는 것도 쉽지 않다. 게다가 전서구가 모두 잡혔다면 이미 임시 무림맹 내에서 달리 소식을 전달해 주었을 터였다. 하나 아무런 이야기가 없었다. 하지만 정말 그뿐일까? 아무리 간자의 솜씨가 대단하다 하여도 천하오패 각지에서 날아오는 전서구를 모두 숨길 수 있을까?

고민에 빠져 있던 정범은 짧은 결론을 내렸다.

"둘 다."

정범이 내린 결론에 이미, 혹은 어느 정도 도달해 있던 이들의 눈빛에는 감출 수 없는 당황이 비추었다.

"그, 그게 사실이라면 우린 어떻게 해야 하는 거야?"

뒤늦게 답에 도달한 장호가 떨리는 목소리를 흘리며 좌중을 둘러본다.

어찌 되었든 추마 이대는 임시 무림맹의 산하부대다.

한데 머리를 믿을 수가 없는 상황이라면 어찌해야 하는 가? 어쩌면 이 상태로 돌아가는 것이 현명할 수도 있다는 생각을 한 이도 있었다. 자신들이 알아낸 정보라도 임시 무림맹에 전해주어야 하니 말이다.

"전 계속 진행할 생각입니다."

대주인 정범의 입에서 먼저 의견이 흘러나왔다.

"돌아가실 분들은 잡지 않겠습니다."

시선이 좌중을 훑는다. 대부분 대원들의 눈에 적지 않은 흔들림이 보였다. 그 와중에 오이한이 먼저 몸을 일으켰다. 자연스럽게 모두의 시선이 그에게 몰려들었다.

"떠나려는 겁니까?"

"……."

초우의 물음에 아무런 대답을 하지 않은 그가, 품에 검을 안은 채 근처에 있는 나무에 등을 기대고 눈을 감는다. 잠시 그 모습을 지켜보던 혈독수의 입가가 살짝 휘어진다.

"너와 난…… 그러니까 일종의 계약 관계다. 쓸데없이 시간 낭비하느니 잠이나 더 자는 게 낫겠군."

정범을 바라보며 말한 혈독수 역시 나무 둔치에 기대 눈을 감았다.

"저도 남겠습니다. 뭐, 형님 가는데 당연히 동생이 따라야 되지 않겠습니까?"

초우가 정범을 향해 미소를 보였다.

망설임이 없던 것은 아니지만, 이대로 물러나기에도 찜찜한 마음이 더 컸던 탓이다.

"사형이 그렇게 말씀하시면 저는 어떻게 떠납니까? 거참."

구종후 역시 남는 것을 택했다.

"우리는 오늘 마도인들이라 부르는 이들의 행패를 보았

습니다. 어찌 물러날 수 있겠습니까?"

조창과 조현 형제가 강한 의지가 담긴 눈빛을 비추었다.

스승의 사연을 알고 있는 두 제자는, 그와 비슷한 상황을 마주한 이상 도망칠 생각이 조금도 없었다.

"젠장. 듣고 보니 그러네. 보고도 모른 척한다면 어찌 무림의 협객이라 말할 수 있을까. 나 장호도 물러서지 않을 생각입니다!"

자신의 넓은 가슴을 두 주먹으로 쿵쿵 두드린 장호가 말했다.

"신의 하나만큼은 남에게 뒤지지 않는다고 생각합니다. 어찌 됐든 대주께서 가신다면, 저도 끝까지 같이 가겠습니다."

추마 이대가 출발한 이후, 말수가 급격히 줄었던 화평이 정범을 보며 미소를 보인다. 나름대로 생각을 많이 정리한 모습이었다.

"젠장, 어린놈들 다 한다는데 혼자 빠질 수도 없구먼. 네 놈…… 아니, 대주 마음대로 해라."

처음 정범을 대주라 불렀을 때에는 은근슬쩍 민망하다고 생각했던 전동이 결국 양 팔을 들어 올리며 말했다. 단 한 사람의 이탈자도 없이, 추마 이대 전원이 남는 쪽을 선택한 것이다.

"모두 고맙습니다."

생각지도 못했던 결과에 정범이 미소를 보였다.

기대했던 임시 무림맹의 지원이 도움이 되지 못한다면, 앞으로의 여정은 훨씬 험난할 것이다. 이런 때에 도움이 되는 동료들의 존재는 마음이 든든해지는 방벽이었다. 그러나 모두가 함께할 수는 없다.

"이런 때를 대비한 것은 아니지만, 저는 우리 추마 이대에 단독행동권을 부여 받은 상태입니다. 때문에 조금 이상하다 싶으면 명령보다 판단을 우선시하겠습니다. 그 시작으로⋯⋯."

잠시, 좌중을 둘러보던 정범이 좌측 끝에 앉은 두 사람에게서 시선을 멈추었다.

"화 대협, 구 대협."

"예?"

"부르셨습니까?"

갑작스러운 지목에 화평과 구종후가 의문을 표한다.

"두 분은 우선 임시 무림맹으로 돌아가 주셨으면 합니다."

"⋯⋯."

잠시, 두 사람의 시선이 떨렸다.

이미 남기를 선택한 몸이다.

한데 어째서 돌아가란 말인가?

실상 가장 먼저 떠오른 생각은 부족한 무공에 관한 부분이었다.

추마 이대 중에서 구종후, 화평, 조현 세 사람이 무공으로서만 따지자면 최약체였다. 약하다는 사실은, 언제든 발목을 잡을 수 있다는 말과 같다.

"두 사람을 못 믿어서가 아닙니다. 오히려 믿을 수 있기 때문에 부탁드리는 겁니다. 누군가는 이런 사실을 임시 무림맹에 전달해 줘야 되지 않겠습니까?"

"아……."

"확실히……."

오해를 단숨에 푸는 정범의 말에 두 사람이 고개를 주억였다.

무림맹 내에 간자가 있다.

또한 어째서인지 소식 전달이 제대로 되지 않게끔 전서구들이 사냥당하고 있다. 어쩌면 새뿐만이 아닐지도 모른다. 이 정도까지 정보 전달이 올바르게 되지 않고 있다면 사람들조차 당하고 있다는 말이다.

물론 후자는 확실하지 않지만, 가능성이 분명히 존재했다.

때문에 정범은 한 사람이 아닌 두 사람을 지목했다.

화평과 구종후는 추마 이대 중 하수라지만 전체적인 무림 내에서 따지자면 상위에 속하는 고수들이다. 그런 두 사람이라면 조금의 난관이 있다 한들 임시 무림맹에 도착할 수 있다. 또한 구종후 같은 경우는 패력산장이라는 배경을 등에 업고 있는 만큼 발언력에도 힘을 줄 수 있었다.

"대주의 명을 따르겠습니다."

결심한 화평이 먼저 자리에서 일어났다.

누군가는, 꼭 해야 할 일이라면 빠를수록 좋다. 추마대를 비롯한 각지에서 활동하고 있는 임시 무림맹의 조직들이 훨씬 더 편하게 임무를 펼칠 수 있을 터니 말이다. 어쩌면 그 소식이 목숨을 구할지도 모를 노릇이었다.

"알겠습니다."

구종후도 고개를 주억이며 몸을 일으켜 짐을 둘러멨다.

준비는 신속하게 끝났다.

"임무가 끝난 후, 다시 돌아오겠습니다."

믿음직한 눈빛으로 읊조린 화평과 구종후가 빠르게 떠나갔다. 어두운 밤. 비밀리에 움직이는 두 사람을 쫓는 일은 사냥꾼, 간자 모두 힘들 터였다.

이제 남은 숫자는 일곱.

"우선 사람들을 인근 마을로 이송한 이후, 주변 순찰을 시작합니다."

"강릉의 임무는 어찌 하실 생각입니까, 대주?"

"일단 포기합니다. 임시 무림맹 내부에 간자가 있을지도 모르는 상황입니다. 함정일 확률이 높다는 뜻이지요. 멀리서나마 살펴볼 생각은 있지만, 깊숙이 파고 들 필요는 없다고 생각합니다. 정찰 부분은 전동…… 선배께서 맡아주셨으면 좋겠습니다."

장호의 질문을 받은 정범이 전동을 바라본다.

"얼마나 걸릴 것 같습니까?"

"굳이 얼마나까지일 필요가 있나. 하루밤낮이면 충분해."

자신만만하게 말한 전동이 몸을 일으켰다.

그 역시 어차피 해야 할 일이라면 빨리 출발할 생각이었다.

"좋습니다. 그러면 우리는 지금부터 표식을 남기며 이동하도록 하겠습니다. 전동 선배께서는 돌아오실 때 이 태극 표식을 따라 오시면 됩니다."

바닥에 그려진 태극 표시를 잠시 바라본 전동이 고개를 주억였다.

"그러면 갔다 와서 보자고. 대주."

이제는 제법 대주라는 말이 입에 붙었는지, 어렵지 않게 내뱉은 전동이 순식간에 자리에서 모습을 감추었다. 보법이 아닌, 순수한 경신술을 펼치는 전동은 생각보다도 더 빨랐다. 때문에 정범은 본래 전동을 임시 무림맹에 보내려고도 했었다. 누구보다 빠르게 도착하여, 많은 사람의 목숨을 살릴 수도 있을 테니 말이다.

하나 전동은 안 된다.

'꽤나 오래 강호 생활을 하셨지만, 발언권이 강하지는 않아.'

못해도 천하오패를 등에 업을 수 있는 사람이 필요하다.

그래서 구종후를 택했다. 그리고 지켜본 결과, 그와 속도가 비슷한 화평을 붙였다.

전동은 화평과 달리 먼저 튀어나갈 터다.

그리 되면 구종후가 위험했다.

'게다가 두 사람의 합이 좋아.'

아직 사람을 다룬다는 것이 어색하기만 한 정범이었지만 대충 감이 왔다. 합이 좋은 사람이 있고, 서로 맞지 않는 경우가 있다. 그리고 서로 잘 맞을수록 기대치 이상의 결과를 불러낼 수도 있다는 사실 또한 직감적으로 느끼고 있었다. 예를 들자면 혈독수와 오이한이 그랬다. 서로 닮은 듯 다른 두 사람은 분명 합이 좋았다. 화평과 구종후는, 그 둘보다 더 좋았다.

'돌아올 때는 성장해 있을지도⋯⋯.'

작은 기대를 품은 정범이, 마지막으로 남은 여섯을 둘러
보며 입을 열었다.

　"조금만 쉬고, 바로 움직이지요."

　모두의 고개가 끄덕여졌다.

第六章

꼬리를 물다

집을 잃고, 가족을 잃었다.

하나 결국은 산목숨이다.

미약해 보이는 희망의 불빛을 좇아 새로운 마을에 당도한 이들은, 다행히도 그들을 반겨주는 사람들 품을 향할 수 있었다.

물론 그렇다고 하여도 힘들 것이다.

새로 집을 지어야 할 것이며, 눈칫밥을 먹지 않기 위해서라도 더욱 열심히 일을 해야 할 터였다. 노인이고, 어린이고, 여자라고 해서 가릴 틈이 없다. 그 사실이 정범의 마음을 아프게 했다.

'이런 마도의 발호가 전국 곳곳에서 일어나고 있는 데……'

엉망이나마 임시 무림맹이 움직이고 있는데, 관군은 아직 큰 움직임을 보이지 않고 있다. 마치 이런 일을 모른다는 것처럼 두 눈을 가리고 있었다.

'대체 황궁에는 무슨 일이 일어나고 있단 말인가?'

병든 황제가 점점 쇠약해져 가며 황위 다툼이 거세지고 있다는 소식은 있었다. 애초부터 그런 소식이 황궁 바깥까지 나도는 것도 문제다. 게다가 바깥 상황은 이토록 좋지 않은 때 아닌가? 이대로 가다가는 작은 틈과 같은 상처가 크게 벌어져 거대한 제국마저도 무너트릴지 몰랐다.

"난세…… 난세로구나."

정범의 안타까운 한숨에 옆에 선 초우가 물어왔다.

"정 형은 난세가 반갑지 않나 보군요."

"난세를 반기는 사람도 있습니까?"

정범의 쓴 웃음에 초우가 오묘한 표정을 지어 보이며 고개를 끄덕였다.

"대다수의 사람들이야 좋아할 리가 있을까요. 아주 가끔, 드문 사람들의 이야기입니다."

"제 자신이 뭐라도 되는 줄 착각하는 놈들 이야기지."

웬일로 혈독수가 대화에 끼어들었다.

인상을 찌푸린 그의 말에 정범은 초우의 말을 이해할 수 있었다.

언제나 그렇듯 힘든 시기는 영웅을 불러온다. 때를 기다리는 이들은, 자신이 그러한 영중 중 하나가 되어 역사에 이름을 남기길 바라는 자들이다. 사람의 욕심을 생각한다면 이해할 수 없는 일은 아니나 정범으로서는 결코 좋게 볼 수 없는 사람들이었다.

"그나저나 대주, 주변 순찰이라고 하셨는데 무슨 목적이 있으신 겁니까?"

"예. 그래서 말인데 우리 남은 여섯을 또 나누어 볼 생각입니다."

"또요?"

안 그래도 적은 인원의 추마 이대다.

그런 부대에서 벌써 세 사람이나 다른 일로 빠져 나갔다.

이런 상황에서 더 나눈다면 부대라고 말하기도 민망한 수준이 될 터였다.

"조금이라도 많은 사람을 구하려면 어쩔 수 없는 일 아니겠습니까."

"허어…… 이제 보니 우리 대주 참……."

장호가 묘한 웃음을 보였다. 말은 그리 해도 정범의 성정이 싫은 것처럼 보이지는 않았다.

"걸음이 빠를수록 좋으니 바로 설명하겠습니다. 초 아우가 장 대협, 조창 대협, 조현 대협을 모시고 동쪽으로 가주세요."

"가는 길에 보이는 백린교를 치면 됩니까?"

"예. 하지만 공격보다는 지키는 것이 주요 목적입니다. 되도록 피해를 입은, 혹은 입는 도중인 인근 마을 구제에 우선으로 나서 주세요."

"알겠습니다."

"가망성은 적긴 합니다만, 혹시 포교 활동을 하는 본거지로 짐작되는 곳이 발견된다면 우선 위치만 알아두시면 됩니다. 아무리 급하다고 하지만 우리 측에서도 섣부른 행동으로 사람을 잃으면 안 되니까요."

전 마을에서 겪었던 사건을 통해 백린교가 일반적인 사람들을 사로잡아 기이한 사술을 펼친다는 사실을 알게 되었다. 아직까지는 강제로 포로를 사로잡는 것 같지는 않으니, 분명 달리 포교 활동을 하는 장소가 있을 터다. 정범은 바로 그곳이 백린교의 본거지라 생각하고 있었다.

"거듭 말하지만, 결코 무리는 하시지 말아야 합니다. 백명의 양민들이 중요하듯, 여러분의 목숨도 귀중하니까요."

정범의 진중한 눈빛에 어깨를 으쓱한 초우가 답했다.

"저야 원래 무리라는 단어와는 거리가 먼 몸인지라. 하

하. 오히려 제가 정 형에게 그 말을 하고 싶습니다."

초우의 말에 미소를 보인 후, 잠시 하늘을 바라본 정범이 고개를 주억였다.

"곧 해가 중천에 뜰 오시(午時)이니 해시(亥時) 말미까지 다시 이 자리로 모이는 걸로 하겠습니다. 몇 번이고 반복해서 말해 죄송합니다. 부디 무리하지 말고, 무사히 이곳에서 뵙길 바라겠습니다."

"거 대주, 너무 걱정 마시오. 설마 진짜 죽을 정도로 싸우겠습니까. 하하!"

장호가 웃음을 터트리며 가슴을 두드렸다.

"아, 그리고 그 대협이라는 칭호 좀 어떻게 해주시오. 낯부끄러워서 원. 대주를 만나기 전까지는 한 번 들어 본 적은커녕 생각해 본 적도 없는 말인데……."

"저도 그렇습니다."

"저, 저도요."

장호의 말에, 기다렸다는 듯 나선 조창과 조현이 손을 번쩍 들며 말한다.

대협이라는 칭호가 강호에서 가진 무게를 생각하면 확실히 무거운 마음이 들 법도 했다.

"그냥 이름만 부르시면 됩니다. 정 형. 거 솔직히 이름 정도야 편히 말해도 되지 않습니까?"

고민이 어린 정범을 향해 초우가 간단한 답을 던져줬다.

이름 정도만 부른다.

본인보다 나이가 많아 보이는 조창, 장호 등이 신경 쓰이기는 했지만 본인들이 좋다면 그 정도쯤은 어렵지 않을 듯했다.

"저도 그리 해 주셨으면 합니다."

시선을 받은 오이한이 짧게 자신의 의견을 말했다.

"알겠습니다. 그러면 지금부터 대주의 직권으로 조금 편히 말하도록 하겠습니다. 초우, 장호, 조창, 조현은 동쪽으로, 오이한과 혈아는 저와 함께 서쪽으로 갑니다. 그러면, 이따가 뵙겠습니다."

그 말을 끝으로 말 머리를 돌린 정범이 서쪽을 향했다.

담담한 듯 말했지만 아직은 얼굴이 붉어질 정도로 익숙하진 않은 일이다.

"생각보다 귀여운 면모가 있습니다. 대주."

그 뒤를 빠르게 따라붙은 혈독수가 놀리듯 말했다.

*　　　*　　　*

백린교의 봉기는 그야말로 전국각지에서 일어났다.

손쓸 틈도 없이 순식간에 일어난 불길이 천하라는 거대

한 산을 이만큼이나 덮으려면 대체 얼마나 많은 시간을 준비해야 할까? 백린교의 이번 행동이 적어도 우발적이지만은 않다는 것은 분명했다.

아주 오래 전부터 계획되었던 일이다.

멋모른 채 자아조차 잃어버린 양민들은 누군가에게 속아 백린교에 발을 들였을 터다.

바로 그 사람들이 중요하다.

"포교 활동을 하는 계급이 달리 존재할 확률이 높습니다."

정범은 자신이 일검에 죽여 버린 청색 가면을 떠올렸다.

당시에는 분노에 사로 잡혀 저도 모르게 과한 손을 쓰고 말았다. 사로잡았다면 훨씬 더 알아낼 수 있던 것이 많았을 터다.

"표식 같은 게 있을 거다. 천하에 뿌리를 내리고 활동하려면 서로를 알아 볼 수 있을 만한 무언가는 있어야 하거든."

다른 일행들이 사라지자 어느 정도 말문을 열기 시작한 혈독수가 의견을 내놓았다. 생각지도 못했던 말에 놀란 정범이 혈독수를 바라본다.

"그렇겠군요. 그렇다면 놈들 사이에서 표식을 찾는 게 우선이겠습니다."

"꼭 몸에 챙기고 다니라는 법은 없어."

잠시, 말문을 닫고 망설이던 혈독수가 다시금 입을 열었다.

"확신할 수는 없지만…… 표식이 있는 것도 같아. 지나가다 의도적이다 싶을 정도의 십(十)자 문양을 셋 정도 봤다."

"그런 표식이 있었습니까?"

"집중해서 보지 않는다면 모를 정도로 자연스럽게 주변에 동화시켜 놓았더군."

혈독수는 일행 중 누구보다 냉철했다.

죽음을 가까이하는 살수라는 직업의 영향이 컸을 터다.

덕분에 그는 감정의 소용돌이에 휘말린 다른 일행들이 보지 못한 것들을 찾아냈다. 아무런 단서도 없는 정범에게 있어서는 큰 도움이었다.

"그러면 우선 그 문양 주변을 살펴보는 게 좋겠군요."

"나쁘지 않겠지."

확신하지는 못한다고 하지만 분명히 의심은 간다. 그렇다면 조사해 보아서 나쁠 것은 없다. 정범과 혈독수, 오이한의 시선이 조금 더 신중하게 주변을 훑기 시작했다.

"저기 하나."

정범은 놓친 것을, 혈독수가 발견하여 방향을 가리킨다.

근처로 다가가 평범한 나무에 새겨진 십자 문양을 검지 끝으로 슬쩍 문질러 본 혈독수의 고개가 갸웃거렸다.

"주변에 딱히 눈에 뜨이는 건 없습니다."

그러는 사이 말을 몰아 빠르게 주변을 둘러본 오이한이 돌아와 말했다.

문양은 있지만 딱히 특이한 사항은 없다.

"더 찾아보죠."

미간을 찌푸린 정범이 다시 말 위로 올랐다.

얼마 가지 않아, 혈독수가 말한 표식이 또 다시 발견되었다. 이번에도 평범한 도로의 수풀 사이에 은밀하게 가려져 있던 것을 혈독수가 찾아내었다.

"분명 의도적인데……."

자연적으로 날 수 없는 상처다.

게다가 이쯤 숨겨 놓았다는 것은 의도가 있는 것이 분명해 보였다. 고민에 빠진 정범이 턱을 쓰다듬고 있을 무렵, 길게 자라난 풀잎을 부드럽게 쓰다듬던 혈독수가 입을 열었다.

"방향이다."

"방향 말입니까?"

"확실해. 문양은 길을 안내하고 있어."

혈독수의 시선이 길게 자란 풀이 가리키는 방향을 향했

다.

"저쪽이다."

말을 버린 혈독수가 경신술을 펼치고, 정범과 오이한이
빠르게 그 뒤를 따랐다.

'나무 위.'

가는 길, 나무의 가지 아래에 새겨진 문양을 발견한 정
범의 시선이 자연스레 혈독수를 향했다. 이미 먼저 그를
발견했던 혈독수가 빠르게 방향을 틀었다. 정범은 그때가
되어서야 이해할 수 있었다.

'방향!'

풀 잎 혹은 나뭇가지는 어딘가를 향해 기울어져 있다.
바람이 세차게 부는 날이 아니라면 능히 길 안내를 하기에
부족함이 없었다. 중간 중간 갈림길에 세워진 표지판에 새
겨진 문양의 의미는 더욱 확신을 심어주었다.

세 사람의 걸음이 점점 빨라지기 시작했다.

확신이 강해진 탓이다.

그리고 제법 시간이 지나 길을 돌고 돈 세 사람은, 담책
이 높게 쌓인 조용한 마을을 발견할 수 있었다.

"저걸 마을이라고 할 수 있을지도 모르겠군."

바깥으로 아무런 소리가 들리지 않기에 을씨년스럽다고
까지 느껴지는 마을의 담장은 너무 높아 내부에 자리 잡은

집들의 지붕마저 보이지 않을 정도였다. 오히려 작은 성채, 작은 요새라고 불려야 마땅해 보였다. 혹은 관문처럼 보이기도 했다.

"여기가 확실합니다. 마기가 느껴져요."

차가운 눈으로, 담책 안을 바라보던 정범이 읊조렸다.

괴상한 술법으로 감추려 하고 있지만 그의 눈을 피할 수는 없었다. 마을 내부에서는 사이하다고밖에 표현할 수 없는 검은색 물결이 흘러나오고 있었다. 혈독수의 활약 덕에 생각보다 훨씬 이른 때에 적의 본거지를 찾아낸 것이었다.

"어떻게 할 거지?"

혈독수가 정범을 바라보았다.

초우 등에게는 찾게 된다면 우선 물러나라는 지시를 내렸다.

혹시나 모를 위험을 경계한 것이다.

그 가정은 정범 본인이라 하여도 다를 것은 없었다.

아무리 스스로의 무력에 자신이 있다지만 내부는 어떠한 적이 있을지 짐작이 안 가는 적의 본거지다.

"우선 물러나서, 주변에 돌아다니는 잔당이 있는지를 살핀 후 돌아가도록 하죠."

"대주의 뜻대로."

정범의 말에 웃음을 보인 혈독수가 답했다.

세 사람이 조금씩 요새와 같은 마을로부터 멀어졌다.

＊　　＊　　＊

해시가 끝나갈 무렵, 약속장소에 도착한 정범이 어둠 속 너머를 바라보았다. 네 마리 말이 그들을 향해 빠른 속도로 다가오는 모습이 보인다. 정범의 입가로는 저도 모르게 안심의 미소가 지어졌다.

"정 형!"

"무사히 돌아왔군요."

이 와중에도 신이 난 느낌으로, 양 팔을 크게 휘저으며 도착한 초우가 말 위에서 날듯이 뛰어내렸다. 뒤를 따라 도착한 세 사람도 조금 피곤한 얼굴로 지면을 밟았다.

"후…… 시간이 짧아서 멀리까지는 나가보지 못했는데, 장난 아니더군요. 마을이 세 곳이나 습격당하고 있었습니다."

숨을 조금 가다듬은 초우가 짧게 자신들이 겪은 이야기를 풀어냈다.

"대단한 고수는 없었습니다. 대부분 회색 가면이었고, 청색 가면도 한 놈 있었는데……. 잠깐 한눈파는 사이 사라져버렸습니다. 하하."

어색하게 웃음 지은 초우가 뒷머리를 긁적였다.

네 사람의 몸에서 혈향이 제법 짙은 것을 보고, 대충 사태를 짐작했던 정범이 고개를 주억였다.

"무사히 돌아오셨으면 되었습니다. 그나저나…… 동쪽은 난리로군요."

백린교의 본거지로 추정되는 요새를 확인한 이후로도 주변을 계속해서 돌아본 정범 일행이었다. 하나 서쪽의 마을들은 아직까지는 기이할 정도로 평화로웠다.

"우리가 처음 마을에서 놈들을 죽인 영향이 있지 않을까 싶군."

고민하는 정범에게 혈독수가 의견을 건넸다.

"그럴 수도 있겠군요."

확실한 것은 무엇도 없다.

도대체 사람을 어떻게 포교하고, 세뇌하는지, 무슨 수를 써서 무공을 펼치게 만드는지, 가득한 의문을 풀어줄 것은 발견한 적의 본거지밖에 없었다.

"우리는 본거지로 추측되는 장소를 찾았습니다."

"벌써 말입니까?"

"혈독…… 아니, 혈아의 공이 컸습니다."

초우가 놀란 눈으로 혈독수를 바라보았다.

워낙 냉막한 인상에 말수가 적다 보니 특기가 무엇인지

도 잘 몰랐다. 한데 이토록 빨리 흔적을 찾아내니 놀랄 수밖에 없었다.

"어쨌든 싸움이 있으셨다면 제법 피곤하실 텐데, 조금 여독을 풀고 출발하도록 하죠."

별다른 사건이 없던 정범 일행은 큰 피로가 없었지만, 동측으로 향했던 이들의 경우는 휴식이 필요했다.

"운기조식 잠깐이면 됩니다."

정범의 말에, 초우가 웃으며 말하자 뒤에 선 조창과 조현, 장호도 고개를 주억였다.

"까짓것 별일 아닙니다."

"괜찮으시겠습니까?"

"전동 선배가 오기 전에 끝내놔야지 우리도 뭔가 해냈다고 말할 수 있지 않겠습니까. 끝나고 술 한 잔도 하고."

장호의 너스레 좋은 말에 결국 웃음을 보인 정범이 고개를 주억였다.

"그러면 운기조식 이후 바로 출발합니다. 급하실 필요는 없습니다. 함정이 있을 수도 있으니 되도록 만반의 상태가 갖추어 질 때에 움직이도록 하죠."

"예, 대주!"

정범의 말에 네 사람이, 합창하듯 대답했다.

＊　　　＊　　　＊

축시(丑時).

가장 어둡고, 음기(陰氣)가 강한 시간이 되어서야 추마이대는 움직였다. 지면을 딛는 발걸음은 조용하지만 빠르다. 멀지 않은 곳, 마을의 형상을 한 요새를 발견한 일행들의 눈빛이 변했다.

"낮에 봤을 때보다 더 으스스하군. 시체라도 기어 나올 것 같은 분위기야."

굳어진 일행들을 향해 혈독수가 그답지 않은 농담을 던졌다. 문제는 그 같지 않은 농담을 일행들은 진심으로 받아들였다는 점이었다.

"정말 강시가 있는 건 아닐까요?"

장호가 침을 삼키며 말한다.

마신교가 한창 창궐하던 당시 가장 많은 공포를 불러일으켰던 존재가 바로 강시다. 어제의 동료가 오늘의 적이요, 죽음의 공포를 모르는 불사자(不死者)라. 그저 구전으로 전해지는 이야기만으로도 여태껏 수많은 강호의 무림인들과, 평범한 중원의 어린아이들을 잠 못 들게 하는 공포의 대상이었다.

"자세히는 모르겠지만…… 사기(死氣)가 느껴지는 건 분명합니다."

정범은 대기에 흐르는 기운을 보았다.

처음 그 기이한 진한 검은 기운을 보았을 때에는 정체를 유추하지 못했다. 마기도, 자연기도 아니다. 그렇다고 선기(善氣)일 리는 없었다. 더욱 자세히 지켜본바 알 수 있었다. 저 기운은 죽은 사람으로부터 흘러나오던 사기가 분명했다. 단지 그 숫자가 어찌나 많고, 지독한지 너무나 진한 형태로 나타나 알아차리지 못했을 뿐이다.

'낮에는 어째서 못 본 거지?'

이 정도로 지독한 사기가 응어리져 있었는데 낮에는 눈치조차 못 챘다. 대기(大氣)를 읽는 정범으로서는 이해할 수 없는 일이었다.

"어쩌지요? 지금이 가장 위험한 때일 수도 있을 것 같은데."

초우가 정범을 바라보며 물었다.

축시는 야습에 어울리는 시간이다.

적도 방심하고 마음이 늘어질 때.

하나 이런 지독한 사기가 가장 강한 때이기도 했다.

"돌입합니다. 더 기다렸다가는 무슨 일이 벌어질지 몰라요."

짧은 고민 끝에 정범이 결론을 내렸다.

반대하는 일행은 누구도 없었다.

처음 느껴보는 기이한 기분에 겁도 났지만, 마도와의 싸움이란 그럴 것이다라고 각오하고 모인 이들이다. 애초부터 상식과, 개념을 파괴해야 한다.

"바로 가겠습니다."

선봉(先鋒)에 선 정범이 망설임 없이 앞으로 뛰어나갔다.

'목책 위 열.'

낮에는 보이지 않던 보초병들도 명확하게 보였다. 활과 화살로 무장한 그들을 지면에서 요격하기란 쉬운 일이 아니다. 단숨에 도약하여 공격하여도 결국 소란은 생기기 마련이다.

'최대한 은밀히.'

하나 정범이 바라는 것은 분명 기습이었다.

적에 대해 아무것도 알 수 없는 상태에 정면 승부를 거는 것은 결코 좋지 않았다.

'부탁하마.'

정범이 마음속으로 읊조리니, 세 자루의 검이 동시에 밤의 어둠을 갈랐다.

쉬이익—!

"윽."

"억."

바람을 가라는 소리와 함께, 짧은 비명이 연달아 들려왔다.

"침입……!"

누군가가 정범의 뒤를 쫓아온 추마 이대의 무리를 보고는 목소리를 높이는 순간이었다.

한 번의 도약으로 목책 위로 오른 정범의 검이 귀신처럼 움직였다.

서걱—!

비명조차 흘리지 못한 채 보초병의 목숨이 사라졌다.

순식간에 열 명이나 되는 목책 위 보초병을 제압한 정범의 눈에 흔들림이 떠오른다.

"다들 피해!"

목소리를 높이며, 몸 주변으로 호신강기를 두른 정범 역시 공중으로 도약했다.

콰과광—!

동시에 죽은 시체가 목책 위에서 연달아 폭발했다.

"대주!"

"정 형!"

제법 단단해 보이던 목책의 일부분이 한순간에 날아갈 정도의 커다란 충격이었다. 목책 아래에서 그 모습을 지켜보던 장호와 초우가 급하게 목소리를 드높였다.

탁.

그런 그들 바로 앞으로 가볍게 안착한 정범이 인상을 찌푸렸다. 백린교 마인들의 주특기 중 하나인 자폭공(自爆功)을 잊고 있었다. 먼저 뛰어든 덕에 추마 이대에 피해는 없었지만 분명한 문제는 생겼다.

"아무래도 바로 들킨 것 같습니다."

먼지 구름이 가라앉는 목책 안에서부터 기이한 붉은 눈을 빛내는 회색 가면의 무인들이 모습을 드러냈다. 중간중간 섞인 푸른 가면은 그들을 향해 검을 내젓는다.

"백린일통! 천하백린! 침입자를 제거하라!"

"백린일통! 천하백린!"

무언가에 홀린 듯 뛰어드는 회색 가면 무인들을 보며 검을 뻗는 정범의 손에 망설임이 일었다.

'이들은 무고한 양민들이 아닌가?'

단지 백린교의 기이한 사술에 세뇌당해 검을 휘두르는 불쌍한 사람들일 뿐이다. 아무것도 모를 때에는 망설임 없이 검을 휘둘렀지만 지금의 심정은 달랐다.

'파란 가면만 잡는다.'

정황상, 파란 가면이 지휘관인 것은 분명했다.

적어도 놈들은 억지로 백린교를 따르고 있는 것은 아니었다.

"회색 가면을 쓴 이들은 무고한 양민입니다! 되도록 살수(殺手)는 쓰지 말아 주세요!"

갑작스러운 정범의 외침에 다가오는 회색 가면 무인들의 목을 향해 달려들던 추마 이대 무인들의 병장기가 갑작스럽게 방향을 바꾸었다.

휘익―!

"죽이지 않고 막는 것은 무리다!"

저도 모르게 정범의 명령을 따라 검을 거두었던 혈독수가 짜증난다는 듯 외쳤다. 아무리 하수라지만 숫자가 너무 많다. 제압만으로는 힘이 벅찰 것이 분명했다.

"사술의 근원을 끊겠습니다. 버려 주십시오. 이건 명령입니다."

단호하게 혈독수에게 말한 정범이 앞으로 쏘아져 나갔다.

"칫."

혀를 찬 혈독수의 두 눈에 망설임이 일었다. 결국 그가 선택한 것은 움직일 수 없게끔 상대의 발목을 끊어놓는 일이었다.

"빌어먹을. 천하의 혈독수가 이게 무슨 꼴이야."

입 바깥으로는 연신 투덜거림이 흘러나왔다.

*　　*　　*

"타앗—!"

기합을 내지르며, 한 자루 검을 내던진 후 그 위에 올라탄 정범은 그야말로 비조처럼 하늘을 날아 파란 가면의 마인들을 향해 다가갔다.

생각보다 빠른 정범의 접근에 반응조차 못한 파란 가면의 무인의 목에 단숨에 검극(劍極)이 다가온다. 차가운 눈으로 그를 내려다본 정범이 물었다.

"대답해라. 대체 누가 이들을 조종하고 있는 거냐?"

정범의 서슬 퍼런 물음에 가면 속 사내의 눈빛이 떨렸다.

하나 돌아온 대답은 하나였다.

"천하일통, 백린천하!"

서걱—!

정범의 검이 단숨에 그의 목을 베어버렸다.

어차피 파란 가면은 아직 아홉이나 더 남았다.

본보기를 위해서라도 몇 명은 죽여야 할 것이다.

쉬익—!

검을 타고 다시금 날아오른 정범이 또 다른 파란 가면을 향했다.

동료가 당하는 모습을 보았는지 재빨리 뒤를 돌아 달아

나려 했으나 검을 타고 하늘을 나는 정범보다 빠를 수는 없었다.

퍼벅—!

이번 파란 가면의 무인에게는 아무것도 묻지 않은 채 머리를 꿰뚫어버린 정범의 시선이 세 번째를 향했다.

"치잇!"

혀를 찬 파란 가면의 무인이 바로 옆에 위치한 말 고삐를 잡고 단숨에 뛰어오른다. 그 역시 도주를 택했다. 혀를 찬 정범은 검지를 길게 뻗었다. 동시에 등 뒤로 떠 있던 검한 자루가 화살처럼 날아가 그의 등을 꿰뚫었다.

퍼벅—!

달리는 말 위에서 그대로 고꾸라진 시체를 무심한 눈으로 지나친 정범이 다음을 향했다.

"네놈은 아무것도 알 수 없을 것이다! 천하일통! 백린천하! 크하하!"

스스로 제 목줄을 뜯어버린 파란 가면의 무인이 광소를 터트린다.

그뿐만이 아니었다.

이곳저곳에서 경계를 하고 있던 푸른 가면의 사내들이 동시에 자결을 택했다.

지독하다.

생각지도 못했던 그들의 모습에 놀란 정범이 눈을 부릅떴다.

동시 다발적으로 자살한 열 명의 파란 가면의 무인들에게서 또다시 기운이 부풀어 오르기 시작했다.

"빌어먹을 놈들!"

거친 욕설을 내뱉으며, 세 자루 검을 집어넣은 양팔을 동시에 뻗은 정범이 대기의 흐름을 비틀었다. 아까 열 명일 때도 그러했지만, 이렇게 많은 자폭공을 정범 혼자서 막는 것은 무리다. 대신해서 폭발의 범위를 최소화시킬 수는 있었다.

콰광—!

폭음이 일며 시체 주변의 회색 가면들 몇몇이 그 안으로 휘말려 들어갔다. 끔찍한 일이지만, 그뿐이라면 안타까움으로 그쳤을 것이다.

"이 무슨……!"

폭발에 휘말린 회색 가면의 몸이 부풀기 시작한다.

무슨 일인지는 굳이 더 이상 지켜보지 않아도 알 수 있었다.

"모두 피해!"

정범이 다시 한 번 크게 외쳤다.

눈치가 빠른 이들 몇몇은 벌써 거리를 크게 벌리고 있었지만, 너무나 많은 회색 가면의 습격을 감당하지 못한 채 포위된 이들도 있었다. 물론 마음만 먹고 살수를 쓴다면 그런 포위망쯤 손쉽게 풀어헤칠 이들이다. 문제는 그들이, 정범의 명령을 너무나 착실히 따르는 착한 부대원들이라는 사실이었다.

콰과광—!

폭발이 연쇄적으로 일어나기 시작했다.

"빌어먹을! 오이한, 조현!"

다른 이들은 그래도 조금씩 포위망을 벗어나고 있었지만 두 사람은 너무 깊숙이 들어와 있는 상태였다.

정범은 날았다.

대기의 흐름을 접고, 또 접어 축지(縮地)를 펼치듯 두 사람 앞에 섰다.

"대주?"

너무나 엄청난 움직임에 반응조차 못 한 조현이 의문을 토한다. 정범은 대답할 틈이 없었다. 이미 연쇄폭발은 눈앞까지 다가온 채였다.

'내 탓이다.'

알량한 양심과 도리를 지키겠다며 부대원들에게 희생을 강요한 탓에 두 사람이 위기에 빠졌다. 책임도 분명 그의 몫이었다.

하나 다가오는 폭발은 너무나 거대했다.

정범의 힘으로 대기를 비틀어 막을 수 있는 수준은 이미 벗어났다. 호신강기를 펼친다 한들 두 사람까지 모두 지키는 것은 무리다.

'어떻게, 어떻게 해야 하지?'

고민하던 정범의 머릿속에 한 사람의 모습이 투영되었다.

작지만 거대한 등.

그러면 막을 수 있다.

아니, 막는 것이 아니다.

'벤다.'

강기를 뛰어넘는, 그야말로 세상 모든 것을 초월한 소멸(消滅)의 힘.

그를 엉성하게라도 따라할 수 있다면 가능하다.

우우웅―!

뽑아든 검이 정범의 마음을 따라 울음을 토한다. 정범의 눈이 번쩍 빛났다. 몸속의 내기가 가속하며 회전한다. 회전하고 회전하여, 오로지 베기 위한 힘을 분출한다.

"하아앗―!"

기합을 토한 정범의 검에서 빛이 쏟아져 나왔다.

콰아앙―!

거대한 폭발과 검이 부딪쳤다.

아니, 정범이 베었다.

거대한 폭발이 마치 형태를 가진 물체인 양 반쪽으로 갈라진다. 그야말로 신기(神技)라고밖에 할 수 없는 솜씨에 조현의 입이 벌어졌다. 오이한도 애인처럼 움켜잡고 있던 검을 더욱 강하게 움켜쥐었다.

단순히 검을 회전시키는 정도가 아니라, 기운 자체를 회전시켰다. 그것도 세상 무엇보다 단단하다고 알려진 강기라는 형태를 강제로 바꾼 회전이다.

강환!

오로지 투신 영 노야만이 사용할 수 있다고 알려져 있던 그 힘을 검 바깥으로 이끌어낸 정범이 거친 숨을 몰아 내쉬었다.

"헉, 헉!"

연쇄적으로 이어지던 폭발은 모두 끝났다.

주변의 풍경은 말로 할 수 없을 정도로 처참했다.

무엇 하나 남은 것이 없이 싹 다 폭발에 휘말려 찢어지고 터져 나가고, 쓰러졌다. 하나 오로지 세 사람만은 제 자리에 멀쩡히 서 있을 수 있었다. 강환의 덕이었다.

'영 노야, 또 도움을 받았군요.'

어설프게나마 따라할 수 있으면 된다.

그리 생각하여 펼쳤는데 다행히 결과가 나쁘지 않았다.

"괘, 괜찮아요? 대주?"

뒤늦게 자신이 방금 죽음의 문턱 입구까지 다녀왔다는 사실을 깨달은 조현이 정범에게 빠르게 다가와 물었다.

"괜찮……습니다. 잠깐만 쉬면…… 충분해요."

당장이라도 쓰러질 것 같은 모습으로 말하는 정범에게, 한참이나 멀리 물러나 있던 일행들이 하나둘씩 다가왔다.

"정 형!"

"현아!"

"대주!"

각자 놀란 목소리를 흘리는 그들의 두 눈에 안도의 빛이 흘렀다.

폭발은 엄청났다.

멀리 물러선 일행들마저 지켜보는 것만으로 심장 한편이 섬뜩해질 정도였으니 말이다. 위험하다고 생각했다. 생각해보니 고작 그 정도가 아니다. 죽었을지도, 아니 분명 죽었을 것이라고 생각했다. 가슴 한편이 철렁 내려앉는 기분이었다. 이제 첫 발을 내딛었는데 곧장 끝이라니? 동생의 얼굴이 떠오른 조창은 하늘이 무너져 내리는 듯했다. 한치 앞을 분간하기 힘든 폭발이 가시고 여전히 제 자리에 서 있는 세 사람을 보았을 때 모두가 놀랐다. 생각보다 몸이 먼저 움직였다.

휘청거리는 정범을 부축하는 조현과 멍한 표정의 오이한을 보며 안심했다.

"무사해서 다행입니다."

깊은 안도의 한숨을 내쉰 초우가 말했다.

"아직 끝이 아닙니다."

정범이 힘겨운 목소리로 정면을 바라보며 말했다.

죄 없는 양민이나 다름없는 회색 가면의 무인들이 가득 죽고, 무언가를 감추고 있는 청색 가면의 무인도 죽었다. 하나 요새 깊숙한 안 쪽에서는 아직도 지독한 사기가 흘러나오고 있었다. 끝이 아니라, 또 다른 시작일 뿐이다. 정범의 말에 일행들의 얼굴이 곧장 굳어졌다.

"일각 정도만 이 자리에서 호법을 봐주십시오."

바로 움직이고 싶지만 억지로 강환을 끌어낸 파동은 결코 적지 않았다. 짧은 소주천이라도 필요하다. 더 이상 말을 하기보다, 제자리에 주저앉은 정범이 곧장 운기조식에 들어갔다. 그 모습을 조금 감탄한 시선으로 지켜보던 조창이 조현에게 물었다.

"대주께서 막은 거냐?"

"예. 그런 건 처음 봤습니다. 강기가 둥글게 뭉쳐 회전하는……."

"강환."

여전히 멍하니 서 있던 오이한이 입술을 달싹였다.

"강환?"

처음 듣는 단어에 다른 일행들의 눈에 호기심이 어렸다.

"진정한 절멸(絶滅)의 힘. 무엇이든 벨 수 있고, 무엇도 막을 수 없다. 오로지 투신만이 펼칠 수 있다고 들었는데……."

복잡하게 흔들리는 눈을 한 오이한이 평소처럼 품에 검을 안았다.

평소보다 더욱 꽉 끌어안았다.

이후 그는 더 이상 말이 없었다.

"강환이라……."

처음 듣는 단어였지만 적어도 강기를 뛰어넘는 힘이란 것은 모두가 알 수 있다. 생각에 빠진 듯 턱을 쓰다듬던 초우가 너털웃음을 흘렸다.

"처음 봤을 때는 이 정도는 아니었던 것 같은데……."

숨은 고수일지도 모른다고는 생각했지만 이기어검을 부리고 강환이라는 초월한 힘마저 펼칠 정도는 결코 아니었다. 한데 어느 순간 정신을 차리고 보니 멀리도 나가 있다. 나름대로 열심히 쫓아 왔다고 생각했는데 격차는 점점 더 벌어질 뿐이다.

그 근본에는 실상 정범이 오랜 시간 보아 온 세계의 깊이가 있었다.

초우가 알던 무림에서 강환은 없었다.

이기어검도 전설 속에만 존재할 뿐이다.

초우에게 있어 가장 높은 하늘은 홍염환이었다.

하나 그조차도 끝을 본 적이 없다. 천하오패의 주인이자, 천인에 오른 홍염환이 전력(全力)을 보여야 할 경우는 없었다.

정범은 달랐다.

그는 무공을 익히기도 전부터 끝을 보았다. 하늘에 닿은 무인들 중 가장 높은 곳에 있는 이들의 싸움을 보았다. 그것도 수백, 수천 번을 넘게 눈과 마음에 담아야만 했다. 죽음이라는 최악의 인(印)을 영혼 깊숙이 쑤셔 넣었다. 무한회귀라는 시간이 그릇의 차이를 만들었다. 그를 알 수 없는 초우의 입장에서 정범은 천재 아니, 그 이상의 괴물이었다.

실상 초우뿐이 아니었다.

정범을 바라보는 모두의 시선에 각자 묘한 감정이 담겼다.

동경, 질투, 감탄.

결코 많지 않은 나이에 도산검림(刀山劍林)이라고도 불리는 무림의 정점에 가까운 곳에 선 정범을 보고 있노라면 누구나 느낄 수밖에 없는 감정이다.

다행히도 수많은 감정의 흐름 끝에 두 눈에 남는 잔재는 동경과 공경이다.

부럽다. 시기하고 싶다. 결코 닿을 수 없는 것을 가진 정범을 보고 있노라면 그런 생각이 일견 먼저 떠오른다. 하나 그렇기 때문에, 닿을 수 없기에 더욱 우러러 보게 된다.

공경, 동경, 존경.

혹은 그를 벗어난 무언가.

"나, 진심으로 대주를 따르고 싶어졌어."

무언가를 결심한 듯 읊조리는 이는 조현이었다.

눈앞에서 이적과 같은 정범의 힘을 마주한 그의 마음속에는 '경외'라는 감정이 자리 잡았다. 비단 조현뿐만이 아니었다.

"나 역시 동감한다."

경외할 수밖에 없는 무력을 가진 무인이 동생의 목숨을 구해준 은인이다. 조창의 눈에도 뜻이 깃들었다.

"다들 무슨 소리요. 원래부터 대주는 따르라고 있는 거라고?"

장호가 웃음을 터트리며 말했다.

처음부터 정범의 인간적인 면을 좋아했던 그다.

한데 그런 인간적인 이가 무인으로서 경외할 만한 무력을 갖춘 인물이다. 따르는 마음이 더욱 강해지는 것은 어쩔 수 없는 일이었다.

"정 형이 사람을 불러 모으는군요."

초우 역시 웃음을 그리며 고개를 주억였다.

안면 한 번 없던 사람들이, 그저 명성을 듣고 모인 후 그의 인품과 위엄에 반해 뒤를 따른다.

"영웅(英雄)의 길인가……."

혼잣말로 짧게 읊조린 혈독수의 표정이 아련해진다. 문득 먼 과거, 파산노사와 처음 만났을 때 했던 대화가 떠올랐다.

'누군가 천하를 재패하고자 한다면 그가 바로 효웅(梟雄)이다. 만약 그가 천하를 제 발 아래 눕히려 한다면 간웅(奸雄)일 게다. 하면 천하를 품에 안으려는 이는 무엇이겠느냐?'

'영웅(英雄)입니까?'

당시 조소(嘲笑)를 섞은 혈독수의 대답에 파산노사는 이리 답했다.

'맞다. 그가 바로 영웅(英雄)이지. 하나 이들의 길을 책략으로 따졌을 때에는 하책과 중책으로 나누

어지겠지. 상책이 따로 있다. 답을 알고 있느냐?'

'글쎄요…….'

'천하가 알아서 품에 안기는 영웅. 그 가는 길이
비록 거칠고 험할지라도 인의(人義)의 협(俠)을 놓아
둔다면 필시 이루어질 수 있는 일이지. 나는 이 길
을 감히 이렇게 말하고자 한단다.'

"대협지로(大俠之路)."

혈독수의 작은 읊조림에 초우가 놀란 시선을 보낸다.

"혹시 파산노사를 아십니까?"

"조금……."

짧은 말을 남긴 혈독수는 입을 닫은 채 시선을 요새 너
머 뒤편으로 향했다.

'점점 사기가 강해지고 있어.'

시간이 더 지나면 지금 그들이 발을 딛고 있는 땅까지
사기가 뒤덮일 것이다. 마음 속 불안감이 점점 커져갈 때
였다.

"출발하죠."

천천히 눈을 뜬 정범이 몸을 일으키며 말했다.

"괜찮으십니까. 대주?"

"무리인 것 같으면 물러나야 합니다."

자연스레 그를 주변으로 둘러싼 다른 일행들이 말을 건넨다.

"가야 합니다. 지금이 아니면 늦어요."

정범 역시 운기조식을 하는 동안 점점 강해지는 사기를 느낄 수 있었다. 단순한 위험을 벗어나, 더 많은 생명을 앗아갈 수 있는 위협이 저 안에 웅크리고 있다는 사실을 느낄 수 있었다. 때문에 결코 좌시할 수 없었다.

"갑시다."

정범의 짧은 말에 눈에 흐르던 걱정을 억지로 묻은 일행들이 자연스레 뒤를 따랐다.

*　　　*　　　*

넓은 동굴 안.

그 귀하다는 야명주를 수십 개씩이나 천장에 박아 넣은 화려한 불빛 아래로 엄청난 수의 시체들이 산처럼 쌓여 있었다. 시체의 주변을 둘러싼 이들은 황색 가면을 쓴 백린교의 마인들이다.

양 손을 모은 채, 알 수 없는 말을 읊조리는 그들의 몸에서는 끈적끈적한 마기가 쉴 새 없이 흘러나와 시체들을 감싸고 보듬는다.

그 모습을 뒷짐을 쥔 채 묵묵히 바라보던 붉은 가면의
사내가 혀를 찼다.

"기껏 병단(兵團)을 완성하는가 싶었더니 반절을 단숨에
잃었군."

아쉬웠다.

계획대로라면, 바깥에 있는 반절과 이곳에 있는 나머지
가 모여 거대한 병단이 완성되었을 것이다. 개개인의 힘은
미약할지 모르나, 뭉치고 쌓인다면 상상할 수 없는 위력을
만들 수 있는 마도병단(魔道兵團)의 탄생이다.

적색 가면 사내의 목표는 그러한 병단을 이용해 남도문
을 직접 공격하는 것이었다.

"남도문을 지도에서 지울 날이 얼마 남지 않은 줄 알았
는데…… 이거 꼴이 말이 아니게 됐어."

누구보다 먼저 천하오패 중 하나를 무너트리고 형주를
장악할 생각에 들떠 있던 꿈이 단번에 깨어졌다. 영문을
알 수 없는 갑작스러운 침략자들 탓이다.

'대체 어떤 놈들이었을까?'

기본적으로 외부에 놓아두었던 병력만 반절이다.

그들 중에는 백린교가 자랑하는 청색 가면의 청마두(靑
魔頭)도 열 명이나 섞여 있었다. 그 정도 병력이면 어지간
한 중소 방파는 하룻밤도 걸리지 않고 지도에서 지울 수 있

을 터였다. 한데 모두가 함께 자폭하는 길을 택했다. 감당할 수 없던 적이었다는 뜻이다.

'최소 천하오패…… 혹은 천인(天人) 놈들인가?'

적색 가면의 사내, 달리 적마왕(赤魔王)이라고도 불리는 직책을 가진 인물의 인상이 찌푸려졌다.

'감히 스스로 하늘에 닿았다는 말을 하다니…….'

진정한 하늘이 무엇인지도 모른 채 오만불손하게 지껄이는 그들은 달리 마왕이라 불리는 그가 가장 증오하는 존재들이었다.

'인간은 모두가 평등하다. 또 하나의 이웃이다. 오롯이 단 한 분, 마신(魔神)께서만 유일하게 존귀하실 뿐.'

그가 아는 한 진정으로 하늘에 자리 잡은 이는 단 한 명의 마신뿐이었다. 아무것도 모르는 무림인 나부랭이 따위가 입에 올릴 말이 아닌 것이다. 천인이라는 단어를 떠올리자 저도 모르게 치밀어 오르는 살심을 억지로 누른 적마왕의 눈이 부드럽게 휘었다.

"상관없지. 상관없어."

어차피 상대가 누구라도, 최후의 승자는 그들 백린교다.

이곳에 겁도 없이 들어왔던 이들의 죽음 역시 확정된 바다. 그리 생각하며 눈앞에서 의식을 펼치는 황마사(黃魔士)들에게 집중하던 적마왕의 고개가 갑작스럽게 뒤편을 향해 돌아갔다.

'침입자!'

분명 외부에 공격을 가했던 이들은 백린폭마공(白燐爆魔功)에 휘말려 뼈 한 줌 제대로 남기지 못했을 터다.

한데 동공 안에 또 다른 침입자가 나타났다.

적마왕의 눈이 징그러운 호선형을 그렸다.

'아군의 시체를 밟고 여기까지 왔단 말이지?'

그 폭발에 휘말린 이가 살아남았을 리는 없다고 확신한 적마왕의 마음속에서 억누르고 있던 살심이 다시금 기어 올라오기 시작했다.

"안 그래도 피가 그리웠는데 잘 됐어."

오랜 시간 준비를 하느라 말로 할 수 없는 갈증에 빠져 있던 적마왕이 천천히 동공 입구를 향해 나아갔다. 두 눈에는 붉은 기운이 쉴 새 없이 번쩍였다.

*   *   *

처음 마을의 그림자 뒤편에 가려진 거대한 동공을 발견했을 때, 일행들은 다시 한 번 물러나야 한다는 생각을 했다. 내부에서부터 흘러나오는 사기가 너무 범상치 않다. 심신이 미약한 사람이라면 입구에 들어서자마자 광기(狂

氣)를 떨지도 몰랐다. 하지만 여전히 물러날 수 없다는 정범의 의지는 확고했다. 그리고 추마 이대의 나머지 인원들은 그 뒤를 따르기로 결심한 채였다.

결국 모두가 동공 입구로 들어섰다.

바깥에서 느껴지던 것과는 비교도 안 되는 찐득한 사기와 마기에 뒤엉킨 기운들이 들쑥날쑥하게 주변을 휘젓고 있었다.

꿀꺽.

누군가 낸 침을 삼키는 소리가 유독 크게 울려 퍼진다.

"옵니다."

동시에, 동공 너머 어두운 어딘가를 응시하던 정범이 짧게 말했다.

"무슨……."

장호의 질문은 끝을 맺지 못했다.

카앙—!

언제 뽑혀져 나왔는지도 모를 정범의 검과, 적마왕의 붉은 손이 허공에서 격돌하며 불빛을 튀겼기 때문이었다.

"호오…… 생각보다 제법이로군."

제법 기습적인 일격을 수월하게 막아선 정범을 본 적마왕의 두 눈에 붉은 그림자가 일렁인다. 공격이 다가오는 것조차 보지 못했던 일행들의 눈에 당혹이 깃들었다.

"당신이 이곳의 주인입니까?"

"주인? 하늘과 땅 어디에도 내 것은 없다. 네 것도 마찬가지지. 오로지 한 분만이 모든 것을 소유할 수 있는 법이다."

적마왕의 입가로 비릿한 미소가 떠올랐다.

직후 순식간에 정범을 건너뛴 그의 손에서 다시 한 번 붉은 빛이 번뜩였다.

"헉—!"

놀란 신음을 흘린 장호의 어깨살이 맹수에 물린 듯 한 움큼 뜯겨져 나갔다.

"크아악—!"

"장호!"

정범이 그 뒤를 따라 도약해 적마왕의 뒤를 노렸다.

캉—!

검과 손이 부딪치며 다시 한 번 울림이 일었다.

정범은 빠르게 주변을 훑었다.

'여긴 내가 불리해.'

강환을 다시 펼치는 것은 무리다.

주특기인 이기어검을 사용하기에도 너무 좁았다.

일행들을 신경 쓴다면 무엇 하나 함부로 할 수가 없는 상황이었다. 정범의 머릿속이 빠르게 회전했다. 물러날까?

더 들어갈까? 내부에 적마왕만큼, 혹은 더 강한 적이 있을까? 생각은 많았지만 결정은 빨랐다.

"모두 장호를 데리고 안으로 들어가세요!"

사기가 지독하지만 내부에서 적마왕보다 더 강한 기운은 느껴지지 않는다. 그의 직감 역시 눈앞의 적마왕이 이곳의 주인임을 외치고 있었다.

"우습군."

정범의 명령에, 같잖지도 않다는 듯 다시 한 번 등을 돌린 적마왕의 손이 이번에는 장호의 왼쪽 가슴을 향해 달려들었다.

정범의 반응 또한 빨랐다.

캉―!

손바닥이 검과 부딪치며 튕겨져 나간다.

눈이 따라가지 못하는 싸움에 멍하니 있던 일행들이 그때서야 걸음을 떼기 시작했다.

"뛰어!"

혈독수가 최초였다.

안에 들어가서 무엇이 있든, 일단 이 자리는 벗어나야 한다.

당장은 힘이 되기보다 짐이 될 판이었다.

"못 도망간다!"

적마왕의 손에서 일렁이던 강기가 동굴의 천장을 향해 날아들었다. 애초에 천장을 무너트려 길을 막을 셈이었다. 하나 한 번 움직이기 시작한 추마 이대의 걸음은 생각보다 더 빨랐다.

쾅! 우르르—!

폭발과 함께 천장이 무너졌지만 그보다 더 빠른 속도로 뛰기 시작한 추마 이대원들이 모두 내부로 들어섰다. 잠시 그 모습을 눈살을 찌푸리며 바라보던 적마왕이 입술을 깨물었다.

'황마사들은 의식 중에 움직일 수 없다.'

만약 의식이 깨어진다면 여태껏 쌓아온 공든 탑이 단숨에 무너질 수밖에 없었다.

너무 방심한 나머지 실수했다.

적마왕은 현재 상황을 인지하고는 어느덧 천장이 무너진 돌무더기 앞에 선 정범을 바라보았다. 적마왕을 보내지 않겠다는 의지다.

"아무래도 시간이 없는 것 같으니, 빨리 끝내자꾸나."

적마왕의 손끝에 일렁이던 붉은 기운이 연기처럼 주변을 감싸기 시작한다. 다른 녀석들은 몰라도 눈앞의 정범은 만만치 않다.

"그거 바라던 바요."

검을 강하게 움켜쥐며, 작게 읊조린 정범이 광망(光芒)처럼 쏟아지는 적마왕의 붉은 눈을 응시했다.

*　　*　　*

"끄으윽…… 끄윽!"

혈독수의 등 뒤에 매달린 장호가 지독한 고통에 끊임없는 신음을 흘렸다.

"이상하게 피가 많이 나와요."

그 모습을 옆에서 지켜보던 초우가 다급히 말했다.

살이 한 뭉텅이 뜯겨져 나갔다지만, 지혈초에 혈도까지 짚어가며 지혈을 했으니 지금쯤이면 어느 정도 출혈이 멎어야만 했다. 한데 흘러나오는 피는 멈출 생각을 하지 않았다. 게다가 장호 같은 무림인이 고통을 참을 수 없다는 사실도 기이했다.

"마공 혹은 사기의 영향이겠지."

"젠장…… 이러다 죽는 거 아니요?"

연신 웃기만 하던 초우의 입에서 처음으로 욕설이 흘러나왔다. 짧은 시간이지만 정이 깊게 든 장호다. 가볍고 화통한 그의 성격은 초우와 통하는 면이 없지 않아 많았다.

"글쎄……."

혈독수는 짧은 말을 흘리며 정면을 응시했다.

멀지 않은 곳에 적지 않은 기척이 느껴졌다.

"저기 있는 놈들이 뭔가를 알고 있을지도 모르지."

"빨리 가 보지요."

조창이 봉을 뽑아들며 전면에 섰다.

또 다시 적마왕 같은 적이 있을지 모르지만 어차피 물러설 길은 없다. 게다가 혈독수의 말마따나 그들이 답을 알고 있다면 장호를 살릴 수 있는 마지막 기회일 수도 있었다. 걸음이 빨라졌다.

*　　　*　　　*

붉은 안개 속에 녹아드는 적마왕의 모습이 어느 순간 사라졌다. 기척조차 느껴지지 않는 기이한 현상이었지만, 정범은 이미 이와 비슷한 일을 겪은 적이 있었다.

'마노.'

정말 지긋지긋한 인생 선배의 얼굴을 얼핏 떠올린 정범이 호흡을 가다듬었다. 지금은 당시처럼 개싸움으로 끌고갈 필요가 없다. 조금 더 침착하게, 주변의 흐름을 읽는다. 아무리 기척을 잘 감추어도 완전히 자연과 하나가 되지 않는 이상 어딘가가 불균형하게 흐트러져 있기 마련이다.

"이런……."

기운의 흐름을 읽던 정범이 아찔한 음성을 흘렸다.

생각은 나쁘지 않았다.

다만 주변이 이미 마기와 사기로 가득 차 마구잡이로 기운이 뒤엉킨 상태라는 것이 문제였다. 어딜 보아도 기운이 균형적인 부분이 없으니 적마왕의 흔적을 찾을 수가 없다.

"생각처럼 쉽지 않지?"

어딘가에서 불쑥 튀어나온 적마왕의 손이 정범의 가슴을 길게 할퀴며 상처를 남겼다.

"큭."

쓴 신음을 흘리며 뒷걸음질 치는 정범의 눈앞에 붉은 눈이 언뜻 나타났다가 사라진다.

쇄엑―!

재빠르게 검을 휘둘렀으나 베고 지나가는 것은 깊은 허공뿐이다.

"그것 아나? 백린교에서는 십팔반 무기 중 절반 이상을 다룰 줄 알아야 마왕의 칭호를 받을 수 있다."

"……."

"검도 제법 괜찮지. 살을 푹 파고드는 느낌이 나쁘지 않거든. 도는 취향이 맞지 않더군. 단번에 몸을 가르고 나면 시원하기는 하지만 무언가 아련함이 없다고 할까. 곤은 더욱 내키지 않더군. 피를 보는 데까지 너무 시간이 오래 걸려.”

스스슥—!

적마왕의 중얼거림과 함께 붉은 기운이 더욱 짙은 안개가 되어 정범의 주변을 감쌌다.

여건이 좋지 않다.

억지로 강환을 만들어 낸 상태라 몸도 좋지 않다.

게다가 상대는 최소 천인 급의 고수다.

어느 하나 정범에게 유리한 상황이 없었다.

‘여기서 내가 쓰러지면…….’

모든 게 끝이다.

모두를 구하겠다는 마음으로, 더 많은 사람들을 죽음으로 밀어 넣는 것밖에 안 된다. 흐릿해지는 정신을 또렷하게 이끈다.

“이런…… 내 말을 듣고 있는 건가?”

샤아악—!

“크아악—!”

날카로운 소리와 함께 정범의 옆구리 살이 한 움큼 뜯겨 나갔다. 이번에는 반응이 늦었다. 아니다. 속도는 같았다. 단지 적마왕이 더 빨라졌다.

“하긴, 이렇게 시간 끌 상황이 아니지. 오랜만에 찾아온 대화 상대라 나도 모르게 흥분하고 말았군. 결론만 말해서, 난 그래서 굳이 무기를 들기보다 이 손을 택했지. 살을 직접 파고 들어 뜯어버리고 내장을 후비는 그 느낌은 뭐랄까…… 정말 최고야!"

번쩍—!

다시 한 번 붉은 시선이 번쩍이고 정범의 정수리 위로 날카로운 손톱이 떨어졌다.

느꼈다기보다는 본능적으로 무너지듯 쓰러진 정범의 콧등과 허벅지가 동시에 뜯겨져 나갔다.

"운이 좋군!"

휘두르는 정범의 검을 피해 다시금 거리를 벌린 적마왕이 외친다.

'제길, 출혈이…….'

기이할 정도로 끊임없이 흘러나오는 피를 보며 눈살을 찌푸린 정범이 숨을 몰아 내쉬었다. 거듭 말해 최악의 상황이다. 하나 답안지가 존재하지 않는 것은 아니었다.

"어디, 이번에도 피할 수 있나 보지."

정범의 등 뒤, 소름 돋는 적마왕의 목소리가 다시 한 번 들려왔다.

왼쪽 심장을 향해 짓쳐드는 붉은 손은 단숨에 심장을 뜯어 뽑아버릴 기세였다.

"크아악—!"

"꺼억—!"

비명이 동시에 두 개나 터져 나왔다.

하나는 등의 중앙 부분에 사람 손 하나를 통째로 박아 넣은 정범이 내지른 비명이었다.

"이, 이게……."

또 다른 비명은 심장과 목, 복부에 세 자루의 검이 동시에 박힌 적마왕의 것이었다. 자신의 죽음이 믿어지지 않는다는 듯, 홀연히 날아든 세 자루의 검을 멍하니 바라보던 그의 몸이 천천히 무너져갔다.

"좋은…… 한 수…… 끄르륵."

털썩—!

미끄러지듯 쓰러져 무릎을 꿇은 적마왕이 최후를 맞이했다.

동시에 견딜 힘이 없어 무너진 정범 역시 바닥에 무릎을 디뎠다.

'이겼……나.'

등 뒤를 돌아볼 여유조차 없었다.

그저 점점 더 옅어져 가는 붉은 안개를 보며 적마왕이 죽었을 것이라는 확신을 가질 뿐이다.

상처를 입는 순간 실처럼 늘어져 적마왕의 손끝에 맺힌

붉은 기운에 집중한 것이 유효(有效)했다. 붉은 안개에 가려 잘 보이지 않았으나 상처가 늘어날수록 그 붉은 빛은 점점 더 진해져 갔다.

지독한 고통 속에서 날카롭게 가다듬은 정신력은 바람 앞의 촛불처럼 흔들렸지만 결코 꺼지지는 않았다.

그리고 마지막 순간.

적마왕의 위치를 확신한 정범은 세 자루의 이기어검을 동시에 발출했다.

내력조차 얼마 남지 않아 발휘할 수 있는 마지막 한 수였다.

정범은 수를 읽었지만, 적마왕은 아무런 예측을 하지 않았다. 때문에 어느 하나 여건이 좋지 않은 상황에서 틈을 만들어 내 승리할 수 있었다. 비록 몸은 만신창이라는 말로도 부족할 정도로 큰 타격을 받았지만 말이다.

"이래서…… 마노는 무슨……."

쓴 신음을 흘린 정범의 뇌리에 아찔한 충격이 이어졌다.

삐—!

괴상한 소리가 들리는 것 같더니 순식간에 눈앞이 새하얗게 변한다.

'아직…… 안 되는데.'

의식이 멀어졌다.

＊　　　＊　　　＊

시산혈해(屍山血海)라고 한다.

시체의 산과 피의 바다!

상상하는 것만으로 끔찍한 풍경이다.

초우와 혈독수를 비롯한, 추마 이대의 다른 인원들이 목격한 광경이 그와 비슷했다.

"혈해는 모르겠지만 혈호(血湖)는 되겠군."

제법 많은 피를 봤다고 자부하는 혈독수조차 이처럼 지독한 풍경은 처음 보았다. 고개를 저으며 읊조린 그가 검을 뽑았다. 무언가를 읊조리고 있는 황색 가면의 마인들은 아무런 반응이 없었다.

대신하여 핏물을 가득 쏟아내며 쌓여 있는 시체들이 꿈틀거리며 몸을 움직일 조짐을 보이고 있었다.

시체의 정체가 무엇인지 아는 것은 그리 어렵지 않았다.

그들의 얼굴에 쓰여진 회색 가면이 모든 것을 말해 주고 있었으니 말이다.

"크으으……."

때마침 괴로워하던 장호의 신음이 멎었다.

혈독수와 같은, 혹은 비슷한 생각을 한 추마 이대의 무인들이 단숨에 앞으로 뛰쳐나가 각자의 병장기를 휘둘렀다.

서걱—!

목이 달아나고.

퍼버벅—!

머리가 터졌다.

피가 사방으로 튀어 올랐다.

"쿠에엑—!"

생성하고 있던 진이 깨지며 돌아온 반동에 눈을 감고 있던 황마사들이 피를 토하며 괴로움을 토했다.

"네, 네놈들이 어찌……!"

몇몇 의지력이 강한 이들이 몸을 움직여 반항하려 하였으나 추마 이대의 움직임이 훨씬 빨랐다.

순식간에 삼십이 넘던 황마사의 목이 달아났다.

꿈틀대며 당장이라도 움직일 것 같던 시체들은 안정을 되찾고 영면(永眠)에 빠졌다.

싸움은 끝났다.

여전히 사기는 가득했지만 이전처럼 넘치려는 듯 들끓지는 않는다.

"대…… 대주는……?"

피가 멎은 어깨를 부여잡고 인상을 찌푸린 장호가 물었

다.

"무사해야겠지."

획—!

고개를 돌린 혈독수가 가장 먼저 뛰어 나갔다.

第七章

역검(易劍)

　[그러게 나한테 맡기지 그랬어. 나였으면 훨씬 쉬웠을 텐데…….]

　오랜만에 듣는 익숙한 목소리에 정범의 입가로 미소가 떠올랐다.

　'보고 있었나?'

　[우스운 질문이군. 네가 나고, 내가 너다. 간섭만 하지 않는다면 보는 것쯤은 얼마든 허락한 것도 너고.]

　'그랬군.'

　[…….]

　짧은 침묵이 흐른다.

오랜만에 마주한 또 다른 자아(自我)는 무엇이 그리 불쾌한지 어두운 감정을 마구 분출했다.

[여래신공이 없었다면 우린 이미 죽었어.]

'그럴지도 모르지.'

적마왕의 무공은 무시무시했다.

여래신공이 주는 육체의 강인함이 없었다면 아무리 정신을 날카롭게 가다듬었다 한들 진즉에 지쳐 쓰러졌을지도 모를 일이었다.

[이로써 확신할 수 있겠군. 깊은 어둠 속이라면 내가 너보다 강하다. 나는 마기(魔氣)를 먹을 수 있다.]

발악하듯 꿈틀대던 검은 기운이, 엄청나게 덩치를 불려 단숨에 심상세계를 뒤덮었다. 정범은 그 모습을 조금 감탄한 표정으로 바라보았다.

'그 사이 그걸 삼켰나?'

[움직이는 사이에도 언제든지 먹을 수 있다. 네가 만든 무공이지 않더냐?]

'대단하군.'

[누구를 향한 칭찬인지…….]

혀를 차는 것 같은 어둠이 다시금 몸을 줄인다. 이후 어딘가를 향해 시선을 돌리는 듯했다.

[이번에는 운이 좋았지만 다음에도 그러리란 법은 없지.

위험하면 언제든지 불러라. 거듭 말해, 적어도 어둠 속에서라면 내가 너보다 강하다. 그리고……]

마지막 말을 하기 전, 무언가 내키지 않았는지 여태껏보다 더욱 불쾌한 감정을 드러낸 어둠이 사라져 간다. 대신하여 밝은 빛이 점점 더 가까워졌다.

'생각해 보지.'

정범의 짧은 말에, 아직 어딘가에 남아 있을 어둠에게서 돌아온 대답은 없었다.

*   *   *

"정 형!"

"대주!"

"방금 분명 움직이지 않았소?"

"나도 봤으니까 조금 조용히 좀 해 봐. 시끄러워 죽겠네. 애송이 녀석들."

여러 사람의 목소리가 동시에 들려온다.

반가움이 다수 섞인 그들의 목소리에 천천히 눈을 뜬 정범이 주변을 둘러보았다.

"돌아오셨군요. 선배."

가장 먼저 한동안 보지 못했던 얼굴을 반긴다. 정범의 맥을 짚어 본 후, 안도의 한숨을 내쉰 전동이 고개를 주억였다.

"그래, 잘 다녀왔다. 여기는 잘 있지 못했던 모양이지만 말이다."

"세상사 편한 대로 흘러가는 법이 없지 않습니까. 하하."

"넉살도 좋기는."

"처음 들어보는 말입니다. 쿨럭!"

또 한 번 웃음을 터트리려던 정범이 큰 기침을 토했다.

가슴 한복판과 옆구리가 유달리 지독한 통증을 전해 왔다.

"무리해서 말하지 않아도 된다. 내 보잘것없는 의술보다는…… 네 그 기이한 회복 능력이 없었다면 진즉에 죽었어도 이상하지 않을 상황이었으니까."

"의술도 배우셨습니까?"

정범이 놀란 눈으로 전동을 바라보았다.

처음에는 그저 빠른 발만이 전부인 인물인 줄 알았다.

아, 농담도 조금 심하다고 생각했지.

"강호를 오래 살다 보면 이것저것 익히는 법이지. 어쨌든 감사하고 싶으면 저놈한테 더 고마워해라. 내가 도착하기 전에 조치를 아주 잘 취해 놨더구나."

콧바람을 내뿜으며 고개를 돌린 전동이 방 한구석에 서

팔짱을 끼고 있는 혈독수를 바라본다.

"고맙습니다. 혈아."

감사를 건네는 정범을, 무심한 눈빛으로 바라보던 혈독수의 입술이 무겁게 떨어졌다.

"함부로 쉽게 죽으려 하지 마라. 계약이 끝나기 전에 계약자가 죽는 건 내 명예에 금이 가는 일이니까."

그 말을 남긴 뒤, 혈독수는 더 이상 볼일이 없다는 듯 방문 바깥을 나섰다.

"거 말만 조금 더 순하게 하면 좋을 것 같은데……."

쿵, 하고 거친 콧방귀를 뀐 장호가 고개를 내저었다.

"어깨는 괜찮습니까?"

"까짓거, 뭐 대단한 거라고 그러십니까. 저는 멀쩡합니다."

붕대를 감싼 오른 어깨를 한 바퀴 크게 돌려 보인 장호가 호탕하게 웃는다. 조금 부자연스러운 면이 없지 않아 있어 보였지만 큰 부상은 아닌 듯했다.

"다행입니다."

"제 걱정은 마시고 대주 건강이나 잘 챙기시지요. 여러 사람 걱정하게 만드셨습니다."

"그건 또 미안하군요."

"대체 이 순박해 보이는 얼굴 뒤에 어찌 그리 무서운 무공을 감추고 있는지……."

고개를 내저은 장호가 초우를 바라본다.

그래도 이중 정범을 가장 오랫동안 보아온 사람이었으니
말이다.

"괴물이죠."

초우의 한 줄 평은 간단했다.

이미 몇 번을 생각한 적 있으니 어려운 답은 아니었다.

"아직 가야 할 길이 많이 남았습니다."

정범의 말은 진심이었다.

천인이라는 경지에 오르고 확실히 인간의 한계를 넘어선
힘을 가지게 되었다. 하나 모습을 감추고 있던 적과, 이미
알고 있는 적들 중에도 그런 경지에 오른 이들이 많다. 만
족하기에는 너무 일렀다.

"와, 독하십니다그려. 이거 듣고 보니 나도 조씨 형제나
오가 양반처럼 좀 더 힘을 내야 되는 것 아닌가 모르겠네."

"세 사람은 그날 이후 수련에 힘을 쏟는 중입니다. 어느
정도 충격이 있었겠죠."

초우의 입가로 묘한 미소가 번졌다.

나름대로 무공에 자신 있다고 생각했던 만큼, 큰 도움이
되지 못한 그날처럼 무력함을 느낀 적이 없었다. 오이한과
조씨 형제가 눈이 돌아간 듯 무공 수련에 매진하는 것도 이

상하게 느껴지지는 않았다.

"그렇군요. 그러고 보니 여기는 어디입니까?"

"하촌(夏村)이라는 마을이다. 말 뜀박질로 강릉에서 하루 정도 거리에 있는 곳이지. 아, 참고로 네가 기절해 있었던 건 삼 주야였다."

세 번의 낮과 밤.

생각보다 길지 않은 시간이 지났다.

물론 그렇다고 해서 여유롭다는 뜻만은 아니었다.

"주변 상황은 어떻습니까?"

"네놈이 그 난리를 친 보람이 있는지 조용하다. 하루에 한 번씩 나랑 저기 초 가(家)놈이 주변을 둘러보는데 백린 교 놈들이 감쪽같이 사라졌어."

"감쪽같이……."

"그럴 만도 하지. 자세한 이야기는 나중에 몸 좀 다 추스르면 해 줄 예정이다만, 아무래도 놈들이 죽은 사람을 이용할 수 있는 것 같다."

"강시 말입니까?"

놀란 정범의 질문에 인상을 찌푸린 전동이 고개를 내저었다.

"아니. 그런 건 아니야. 어쨌든 이건 나중에 이야기하기로 하고. 우선, 강릉 쪽은 안 궁금하냐?"

"말씀해 주십시오."

정범의 눈이 반짝 빛났다.

인근에서 백린교의 요새라 볼 수 있는 동공은 기습으로 성공적으로 파괴했다. 뒷내용은 잘 모르지만 분위기를 통해서라도 알 수 있는 사실이었다.

"일단 겉으로 보기는 조용하다. 수상할 정도로 말이야."

"그 말씀은?"

"마도 봉기에 대한 소식은 알고 있지만, 마치 딴 나라 이야기같이 느끼고 있다고 해야 할까? 애초에 강릉 쪽은 백린교 녀석들 때문에 피해를 입은 것 자체가 없더군. 뭔가 냄새가 나지 않느냐?"

전동의 말마따나였다.

냄새가 난다.

지독히도 구린 냄새다.

"일단 겉으로는 문제가 없다면, 한번 찾아가 봐야겠군요."

"무림맹에 지원을 요청하지 않고?"

"의미가 있겠습니까?"

"같은 추마대가 와 준다면야……."

짧게 읊조린 전동이 쓴웃음과 함께 고개를 내저었다.

실상 작금 무림맹의 추마대는 가히 무림제일 타격대라

해도 과언이 아니었다. 여러 가지 사정에 의해 부실한 점은 많지만, 추마대 하나만큼은 기가 막히게 잘 조직했다. 이런 불상사에도 어느 정도 대처를 할 수 있을 만큼 강자들로 구성되어 있는 것이다. 그런 추마대조차 위험한 곳에 다른 지원이 온다고 하여 큰 의미가 있을까? 피해만 늘어날 뿐이다.

심지어 북궁소의 추마대는 그들과 달리 북쪽 양주를 향하고 있었다.

귀살주의 다급한 지원 요청에 먼 길을 나선 것이다.

그런 그들이 말고삐를 돌려 남쪽인 형주를 향해 올 수는 없다. 결국 천하오패의 주인 중 하나가 오지 않는 이상에는 지원 요청에 큰 의미가 없을 터다. 차라리 그 시간에 복잡한 임시 무림맹 내부의 사정을 정리하는 걸 바라는 편이 나았다.

"아마 위험할 거다. 네가 정리한 그 마을보다 더."

실상 전동의 말도 논리적으로 따지면 직감 정도에 불과했다. 직접 강릉 시내를 다 돌아다녀 보았지만 큰 위협이 될 만한 요소를 찾지 못했으니 말이다. 하지만 전동은 그렇기 때문에 더 위험하다고 생각했다. 이런저런 잡기에 제법 자신이 있는 그조차도 흔적을 발견하지 못했다. 깊이 파고든다면야 어찌어찌 꼬리 정도는 밟았을 수 있을지 모르지만, 그랬다면 이 자리로 돌아오지 못했을 것이라는 생각이 들었다.

아마 정범이 하고자 하는 일은 그러한 꼬리를 쫓아 몸통을 타고 오른 뒤 머리를 치는 일이다.

몇 번을 생각해도 위험할 것이라는 생각만 들었다.

목숨이 여벌로 두어 개쯤 있는 게 아닌 이상 추천하고 싶지 않은 일이었다.

말리고 싶었다.

정범도 그런 전동의 분위기를 읽었다.

"시간을 두고 생각하면…… 강릉의 사람들은 괜찮을까요?"

"모르지."

작금 강릉은 마도 봉기 속에서도 조용하다.

그러니 한동안 평화로울 것이다.

하나 그 평화는 분명 폭풍전야(暴風前夜)와 같다.

틀림없이 커다란 무언가가 오기는 온다.

강릉에 있는 누구도 상상하지 못하고 있을 큰 폭풍이다.

거기에 휘말린다면 살아남을 수 있는 사람은 몇 없을 터다. 아무도 없을지도 몰랐다. 문제는 그 폭풍이 언제 닥쳐오느냐는 것이다.

그 사실만은 누구도 확답할 수 없었다.

오로지 폭풍의 본체가 될 이들을 제외한다면 말이다.

"……."

정범은 침묵했다.

전동의 말에 장호와 초우 역시 무언가를 느꼈는지 침묵을 일관하고 있었다. 정범에게 다시 한 번 선택의 순간이 찾아왔다. 물러나거나, 나선다. 물러나면 살 수 있다. 추마이대의 대원들도 무사할 수 있을 터다. 하지만 죄 없고 힘없는 양민들이 수도 없이 희생당할 것이다. 폭풍은 그리 오랜 시간 그들을 기다려 주지 않을 테니 말이다.

"생각해 보겠습니다."

묵묵한 전동의 눈동자를 보며, 또 다른 자아에게 했던 말을 건넨 정범이 눈을 감았다.

어쨌든 당장 결정할 수 있는 일은 아니다.

"그러자꾸나."

전동이 짧은 한숨이 섞인 목소리로 답했다.

*   *   *

뜨거운 태양 아래 차가운 눈을 한 오이한의 검이 열기를 토했다.

합비오가의 세류일검의 출발은 빠르지 않다.

오히려 느리다.

그 상대가 설령 시정잡배와 다름없는 삼류무인이라 한들 세류일검보다는 빨리 나아간다.

하지만 결국 먼저 도착하는 것은 세류일검이다.

전형적이 후발선제의 묘(妙)를 담은 세류일검은 한때 합비제일이라고까지 불렸다.

'아주 먼 과거에는 말이지.'

오이한의 마음 속 읊조림에 잠잘 때마저도 품에서 놓지 않는 그의 검이 반박하듯 큰 떨림을 토했다.

'지금의 세류일검은 약해.'

우우웅—!

'시대가 변했어. 세류일검은 빨라져야만 해.'

우웅, 우우웅—!

오이한의 말이 마음에 들지 않는 것일까? 방금 전까지는 제 수족(手足)같이 움직이던 검이 갑작스럽게 무겁게 느껴졌다. 검을 휘두르며 흐르던 땀이 순식간에 두 배가량 늘었다. 그럼에도 불구하고 오이한은 고집을 꺾지 않았다.

'이런 느린 검으로 무얼 할 수 있다는 거지?'

뭐든지!

검이 답했다.

'아니, 무엇도 할 수 없다. 느린 생각, 느린 검, 느린 말,

느린 행동은 결국 모든 걸 망칠 뿐이야. 나는 더 빨라야만 한다. 지금이 아니면 할 수 없어.'

그건 잘못된 선택이야.

우뚝―!

무겁게나마 계속해서 이어지던 오이한의 검이 멈추었다.

흠뻑 젖은 상의를 벗어 던지고 무공을 익힌 이후 단 한 번도 놓지 않았던 검마저 바닥에 내팽개쳤다.

"우리가 마음이 맞지 않았던 적은 처음이겠지?"

그의 손을 떠나 바닥에 떨어진 검은 아무런 반응이 없었다. 귓가를, 머릿속을 맴돌던 음성도 더 이상 들려오지 않는다.

촤악―!

우물가로 걸어가, 길어 올린 차가운 물을 머리끝부터 흠뻑 뒤집어쓴 오이한은 무거운 걸음을 옮겼다. 처음에는 때를 기다렸다. 시간이 흐른 후로는 고민에 빠졌다. 시기는 찾아왔다. 본래의 계획과는 조금 다르지만 지금이라면 해낼 수 있다. 하나 검(劍)은 그를 따르려 하지 않았다. 그래서 몸의 반쪽과 같던 검을 처음으로 내던졌다.

'새 칼이 필요해.'

땅, 따당.

하촌에 있는 세 대장간 중, 망치 소리가 유달리 경박한 대장간 안으로 들어선 오이한의 시선이 주변을 훑었다.

"아이고, 어서 오십시오. 손님."

한참 철을 두드리고 있던 대장장이가 열기로 인해 검게 물든 장갑을 벗어 던지며 빠르게 주변으로 다가왔다. 대장장이의 얼굴에 작은 경계가 보였다. 아직 다 마르지 않은 물기를 가득 뒤집어쓴 오이한의 모습이 이상하게 보일 만도 했다.

"칼은 없나?"

오이한이 물었다.

아무래도 작은 마을이다 보니 무인을 위한 병장기보다는 농사도구들이 대다수 장식된 탓에 눈에 뜨이는 검이 없었기 때문이다.

"칼! 이것 참 젊은 분이 협행(俠行)이라도 나서는가 보군요. 거 칼이라면 잘 찾아오셨습니다. 또 우리 대장간이 칼 잘 만들기로는 소문이 났지요. 자자, 우선 이 물건."

대장장이는 실상 검을 만드는 데에는 자신이 없지만, 구색을 맞추기 위해 만들어 둔 물건 중 하나를 가리켰다. 손님이라면 조금 수상한 행색 정도는 아무렴 상관없었다.

"다른 것."

오이한이 고개를 저었다.

"그럼 이건 어떠십니까?"

그나마 제일 잘 만들었다고 생각했던 검이 거부당하자, 조금 자존심이 상했지만 다음이 없지는 않다. 어디에나 차선(次善)은 존재하는 법이니 말이다.

"다른 것."

오이한이 또 다시 고개를 내저었다.

"그럼 이건……."

그 뒤로도 몇 번이나 대장장이는 거절당했다.

'진짜 사러 온 것 맞아?'

의심이 머리끝까지 치밀어 오를 즈음, 될 대로 되라는 심정으로 가장 엉망진창으로 만들어진 칼을 꺼내 들었다.

"여기선 이제 그게 마지막이요. 그것마저 싫으면 다른 곳 알아보시구려."

자연스레 나오는 말투도 투박해졌다.

솔직히 제가 보아도 양심을 팔아먹어야지나 팔 법한 칼을 보고 여태껏 까탈스럽게 거절하던 손님이 고개를 주억일 리 없다고 생각했으니 말이다.

하나 돌아온 대답은 예상 외였다.

"그걸로. 얼마지?"

"예? 아, 이건……."

팔 생각도 하지 않았던 물건이 선택되자 머릿속이 복잡해졌다.

'칼을 볼 줄 모르나? 아니면 그냥 세상 물정 모르는 멍청이?'

적당한 가격이 쉽게 떠오르지 않아 고민하는데 오이한이 먼저 은전 세 문을 꺼내놓았다.

"이 정도면 충분한가?"

대장장이의 얼굴이 활짝 펴졌다. 충분하다 못해 과하다.

녹이기조차 귀찮아 대충 박아두었던 엉망진창의 칼을 제 값보다 비싸게 팔아넘기는 수준이니 기쁜 표정을 숨길 도리가 없었다.

"아, 충분하지요. 아니, 조금 많습니다. 두 문 정도면 충분한데……."

그래도 양심이 조금 찔려, 받은 세 문 중 한 문을 도로 돌려준 대장장이가 고개를 숙였다.

"또 오십시오!"

저런 호구 손님이라면 조금 건방지고, 말이 짧아도 언제든지 좋다. 감정이 그대로 드러난 얼굴로 싱글벙글 웃고 있는 대장장이를 뒤로한 오이한이 바깥으로 나섰다.

그가 밖으로 나섰을 때에는 열기가 가득한 대장간 내부에 오래 있던 탓인지 온몸을 적시고 있던 물기는 흔적도 없이 사라진 뒤였다.

시선을 내려 한 손에 들린, 척 보아도 엉망진창인 검을 잠시 내려다본 오이한이 말을 건다.

'너도 나를 막을 것이냐?'

돌아오는 대답은 없었다.

당연한 일이다.

검에 실린 영혼은 장인(匠人)이 만들어내는 것이다.

저런 경박한 망치질에, 가벼운 영혼을 가진 인물이 만든 최악의 물품이 대답을 해낼 수 있을 리가 없다. 그야말로 눈먼 칼이다. 아무것도 보지도 듣지도 못한다. 그래서 마음에 들었다.

'아무것도 모른다.'

꾸욱―!

강하게 검을 움켜쥔 오이한의 걸음이 계속해서 무겁게 이어졌다.

*　　　*　　　*

"어디 나갔다 오는 길인가 보군."

일행들이 머무는 객점으로 돌아왔을 때, 가장 먼저 오이한을 반겨준 이는 혈독수였다.

'혈아라고 했던가?'

입이 무겁고, 그만큼 마음도 무거운 사내다.

솜씨는 말할 나위 없다.

눈치 또한 빠르다.

'알아챌까?'

심장이 유달리 빠르게 뛰는 것만 같았다.

아무렇지 않은 척 옆을 지나쳐 본다.

"거, 매일 안고 다니던 검이 아니군."

쿵—!

심장이 내려앉는 기분이었다.

물론 표정이나, 겉으로 무언가가 표출되지는 않았다.

오이한은 언제나 평소와 같은 모습 그대로였다.

"검이 꼭 한 자루라는 법은 없으니까."

무덤덤한 오이한의 대답에 피식 미소를 보인 혈독수가
고개를 내저었다.

"왜, 대주라도 따라 해 보려고? 그거 아무나 되는 것 아
닐 텐데."

당연한 말이었다.

정범을 만나기 전까지는, 아무리 검과 깊은 관계를 맺었
다 하여도 이기어검을 펼칠 수 있는 사람은 없을 것이라 믿
었다.

전설은 전설일 뿐이니까.

한데 눈앞에 그런 사람이 실제로 존재했다.

그것도 한 자루가 아닌 네 자루나 되는 검과 소통할 수 있는 대단한 인물이다.

오이한은 자신이 그런 엄청난 사람이 될 수 있다고 생각하지 않았다.

"뭐, 될 거라고 생각해서 해 보는 건 아닌 표정이구먼. 그래도 그 검 정말 엉망진창인데 괜찮겠나?"

혈독수답지 않은 걱정 섞인 음색을 들은 오이한이 무거운 입술을 열었다.

"쓰고 버릴 거니까."

"아깝다고 말하는 것조차 아깝군."

가벼운 농담을 끝으로 무심한 시선을 거둔 혈독수가 손을 내젓는다. 오이한은 그런 혈독수를 뒤로한 채 다시 앞으로 걸어 나갔다. 저 냉정해 보이는 사내가 유독 자신을 마음에 들어 하고 있음을 알고 있다.

'그 마음이 아까워.'

자신은 그런 우애(友愛)를 받을 자격이 없는 인물이다.

오이한은 자신의 본 목적(目的)을 상기했다.

본래는 이 자리에 있을 수 없던 그가 이곳에 있는 이유.

애초의 계획은 조금 틀어졌지만 기회는 왔다.

본래의 검을 버리고 지금 품에 안은 눈먼 칼을 든 순간부터 오이한은 더 이상 추마 이대의 대원이 아니었다.

싸늘하고 무거운 걸음이, 드디어 조용한 방 문 앞에 도착했다.

'아무도 없군.'

때마침이라고 해도 좋을 정도다.

스륵—!

방문이 열리는 소리조차 내지 않은 채 내부로 들어선다.

곤히 잠든 한 사내의 얼굴이 보였다.

평온한 어둠 속에 묻혀 있는 듯 보이면서도, 빛을 발하는 위대한 인물이다.

아마 이런 일이 아니었다면 평생 곁에 서 있어 볼 기회조차 없었을지 모를 사내. 아주 짧은 시간 동안 그의 마음을 이토록 흔든 이는 없었다.

정상적인 상황이었다면 이토록 가까이에서도 감히 그 목을 벨 수 없었을 것이다. 하나 지금 그는 온연히 정신이 돌아오지 않은 채다.

바꿔든 검(易劍)을 높이 들어 올렸다.

그 순간 뒷목 끝자락에 차가운 감촉이 와 닿았다.

"합비오가의 세류일검은 늦게 출발하여 먼저 도착하는 검이지. 이번에도 그럴까?"

혈독수.

기척도 없이 다가온 그의 존재에 오이한의 등 뒤로 식은

땀이 흘렀다.

"모른 척하고 싶었는데, 그럴 수가 없더군. 나한테 너무 익숙한 일이기도 하고 말이야. 누구지? 남도문인가?"

"……."

"대답할 수 있을 리가 없지."

이해한다는 듯 한숨을 쉰 혈독수가 물었다.

"나답지 않은 질문인데, 지금이라도 검을 돌릴 순 없나?"

"돌리면 오가(悟家)의 씨가 사라지오."

"그런가."

혈독수의 입가로 아쉬운 섞인 한숨이 흘러나왔다.

푹─!

동시에 멈춰 있던 그의 단검이 오이한의 뒷목을 깊게 파고들었다.

"큭!"

핏물이 채 흐르기도 전, 쓰러지는 오이한의 몸을 받아든 혈독수가 빠르게 뒤로 물러났다.

드륵─!

방문이 잠시 열렸다 닫힌 지 한참 후.

무겁게 감겨 있던 눈을 뜬 정범이 주변을 둘러보았다.

"혈향(血香)?"

하나 그의 눈앞에 보이는 것은 무엇도 없었다.

*　　　*　　　*

짧은 시간, 싸늘하게 식은 오이한의 시체를 살피던 혈독수의 표정이 기묘하게 변했다.

"이건……."

그의 품에서 찾아낸 것은 작은 상자였다. 열어보지 않아 내용물을 두 눈으로 확인할 수는 없었지만 냄새가 났다. 덕분에 혈독수는 목숨을 하나 건졌다.

'오향사(五香蛇).'

살수라는 계열에 꽤나 오랜 시간 몸담고 있던 혈독수도 단 한 번밖에 맡아보지 못했던 독특한 향이었기에 확신할 수 있었다.

상자 안에는 중원 바깥 팔황에서나 구할 수 있는 끔찍한 독사(毒蛇)가 들어 있었다. 시간에 따라 체향이 변하는 이 독특한 뱀은 절정 고수보다 날랜 몸놀림을 가졌으며, 작은 어금니에서는 오십여 가지의 독극물을 한꺼번에 쏘아낸다. 물리면 무림 천하에 존재하는 난다 긴다 하는 고수도 세 걸음을 떼지 못해 죽을 터다. 그 위명이 대단한 천하오패의 주인들이라면 열 걸음쯤 움직일 수 있을까? 설령 천하제일의 고수라 하여도 열두 걸음을 떼지 못해 숨이 끊어질 것이다.

'칼날은 따로 숨기고 있었구나.'

마지막 순간, 죽음을 각오한 오이한이 품에서 이 상자를 열었다면 어떻게 됐을까?

주변의 풍경에 따라 몸 색마저 변하는 오향사를 어둠속에서 눈치채는 것은 혈독수라고 해도 어렵다. 결국 정범은 이 뱀에 물렸을 테고, 자칫했으면 자신도 죽었다. 아니, 분명 그리 됐을 것이다.

"대체 왜……."

이미 죽은 시체가 대답을 할 리는 없다.

그럼에도 불구하고 혈독수는 오이한을 향해 물을 수밖에 없었다.

문득 그가 새로 사온 낡은 검에 눈이 갔다.

'몹쓸 검.'

어쩌면 오이한은 그 검에 자신을 투영했을지도 몰랐다.

"짓밟힌 검(轢劍)."

대답 없는 역검을 진득이 바라보던 혈독수가 그를 등에 업는다. 평생을 품에 안고 살았을 것이 분명할 명검(名劍)을 허리춤에 찬다.

"가는 길 입구가 쓸쓸했을지언즉, 그래도 함께 갈 동무

하나는 있어야 하지 않겠나."

이름 없는 숲길, 작은 구덩이를 파 오이한과 함께 그의 검을 묻어준 혈독수가 등을 돌렸다.

차가운 흙속.

우우웅.

싸늘해진 주인의 품을 찾은 검은 마치 흐느낌과 같은 울음을 토하다 점차 침묵한다.

조용한 바람이 무덤을 훑고 지나갔다.

*　　*　　*

몸을 어느 정도 추스르고, 거동을 할 수 있게 된 정범이 추마 이대를 불러 모았다. 이제는 제법 익숙한 낯들을 둘러본 후, 의아함을 느낀 정범이 물었다.

"오이한은……?"

"사라졌습니다."

"사라졌다고요?"

"예. 몸조리에 안 좋을까 알리지 못했지만, 며칠 됐습니다."

초우가 쓴웃음을 지은 채 말했다.

부담 됐을 수도 있다.

위험한 일이니 말이다.

그래도 섭섭한 마음은 어쩔 수 없다. 나름대로 전우애(戰友愛)라는 것이 생긴 마당이었으니 말이다.

"흥, 겁쟁이는 됐소. 나는 앞으로 그의 이름을 기억하지 않을 것이요."

장호는 화가 난 듯 콧방귀를 뀌며 오이한을 폄하했다. 반면 조창과 조현 형제의 표정은 오묘했다. 사실상 그들도 기분은 좋지 않았다. 하나 스승의 사정이란 것을 들으며 자란 덕일까? 나름의 사연이 있을지도 모른다는 생각이 먼저 든 탓이다.

"이유가 있을 겁니다."

조금 놀랐지만, 침착하게 상황을 받아들인 정범이 고개를 주억였다.

그가 본 오이한의 눈은 결코 두려움에 잡아먹힐 종류가 아니었다. 어떤 의미에 있어서는 이 자리에 있는 누구보다 숭고(崇高)하기까지 했다. 꼭 해야만 하는 일을 하는 사람의 눈은, 일반적인 시선과 많이 다른 법이다.

"나도 그가 겁이 나서 도망쳤을 것이라는 생각은 들지 않는다. 관상이 그렇거든. 마지못해 죽으면 죽었지, 도망갈 상은 아니야."

전동 역시 정범의 말에 동의하고 나섰다.

"찾아보니 방에 이런 게 있더군."

때마침, 위층에서 내려오던 혈독수가 품에서 서신 한 장을 꺼내놓았다.

내용을 보니 오이한의 필적으로 쓰인 짧은 사과의 글이었다.

"늙은 노모가 병으로 쓰러져 급히 떠난다는 내용이군요."

정범이 고개를 주억였다. 효(孝)는 무슨 일에 있어서도 우선이 되어야 하는 기본적인 인간의 도리다. 정범 역시 어딘가에서 부모님의 위급한 소식이 들려온다면 당장 걸음을 돌릴 터였다.

"그, 그런 게 왜 이제 나와서는!"

흥분한 콧김을 내뿜던 장호가 붉어진 얼굴로 소리친다.

방금 전까지 오이한을 매도하던 상황이었으니 이상한 일도 아니었다.

"자자, 어찌 됐든 떠난 사람은 떠난 사람일 뿐이고. 우리 앞길을 정해야 해."

전동이 다시금 오이한의 이야기로 부풀어 오르려는 분위기를 가라앉히며 정범을 바라보았다. 떠난 오이한의 소식조차 전하지 않은 채 그를 자극하지 않은 건 휴식도 휴식이지만, 앞으로의 행보에 대한 생각을 충분히 할 수 있게 하기 위함이었다.

물론 칠 주야에 가까운 시간 동안 침상 위에만 누워 있던 정범은 충분히 생각을 정리한 뒤였다.

사실 긴 생각도 필요 없었다.

처음부터 정범의 행동은 결정되어 있었다.

"한 번 물러나면 두 번 물러나기는 더 쉽습니다. 사람의 목숨을 구하는 일에 있어 두 번을 넘어 세 번, 네 번 물러나면 어떻게 되겠습니까?"

질문을 가장한 정범의 말에 담긴 의미는 확실했다.

"가겠다는 게로군."

전동의 입가로 깊은 한숨이 흘러나왔다.

처음부터 이리 될 줄 알았다지만, 꽤나 겁을 줘 놓았으니 혹시 하는 기대가 생긴 것도 분명 사실이었는데 모두 부질 없었다.

"대주, 강제로 끌고 갈 생각은 없지?"

전동이 살짝 기대감 섞인 목소리로 묻는다.

"당연하지요."

정범의 대답에 미소를 지은 전동이 일행들을 돌아보았다.

"뭐, 우리 대주는 그렇다는구먼. 다들 나한테 설명은 들었으니 긴 이야기는 필요 없을 테고…… 어찌할 거냐?"

전동은 정범에게 이야기한 만큼, 아니 어쩌면 그보다 더 큰 위험성을 다른 이들에게 경고했다. 어쩔 수 없는 게, 그 나마 정범이니까 죽을 수도 있다는 말로 그친 것이다. 적어도 전동이 아는 젊은 고수 중 정범은 제일이다. 아니, 애초에 젊은 고수라는 수식어 자체가 우스웠다. 작금의 정범은 강호 전체를 따져 봐도 열 손가락 안에 들어간다고 확실히 자신해도 될 실력이었다.

허명이 아닌 실제 실력으로 천하십대고수(天下十代高手).

아직 알려진 이름이 그에 미치지 못하지만 머지않아 모두가 알게 될 사실이었다.

그런 정범이 죽을 수도 있는 일이다.

아니, 죽을 확률이 높다.

그 말을 다른 이들에게 적용하자면 한 가지 결론으로 귀결된다.

십할(十割) 죽는다.

정범을 제외한 추마 이대원 중 제일 고수인 전동 본인이라 해도 해당되는 이야기다.

목숨이 걸린 일인데 쉽게 결론을 내릴 리가 없다.

때문에 다른 이들도 정범이 생각을 정리하는 동안 많은 고민을 해야만 했다.

가장 빨리 결론을 내린 이는 혈독수였다.

"죽을 때 혼자는 아닐 테니, 외롭지는 않겠지."

"미쳤군. 예주제일살수가 살짝 맛이 갔다더니 진짜였잖아?"

전동이 혈독수를 향해 냉정한 말투를 쏘아 보냈다.

생각지 않게 정체를 들킨 혈독수였지만 크게 개의치는 않았다. 전동쯤 되는 연륜에 안목을 숨기려면 애초부터 만반의 준비를 갖추어야 한다. 지금까지라도 눈을 가린 것이 다행인 셈이었다.

"예주제일살수?"

새삼스레 혈독수를 바라본 일행들의 눈에 기묘한 감정이 깃들었다.

살수라는 직업의 이름이 주는 본능적인 공포를 떠올린 것이다. 하나 그도 잠시일 뿐이다. 오이한이 그러했듯, 혈독수 역시 그들과 함께 사지(死地)를 넘나든 전우다. 그동안 혈독수가 보여주었던 행동은 까칠할지언정 분명 그들을 위한 일이었다. 긴장보다는 작은 호감(好感)마저 생겨났다.

"흥."

쏟아지는 시선에 콧방귀를 뀐 혈독수가 고개를 돌렸다.

"우리 형제도 따라 가겠습니다."

조창과 조현이 서로의 손을 마주 잡은 채 말한다.

방금 전 어쩔 수 없이 떠난 오이한이 어떠한 평가를 받는지 두 눈으로 보았다. 물론 적극적으로 감정을 드러낸 것은 장호 혼자뿐이었지만, 그들 역시 심적으로 복잡했기는 마찬가지였다.

그들의 사부가 그런 입장이었다.

무엇보다, 이미 둘은 정범을 끝까지 따르기로 결심한 상태였다. 동생 조현의 경우는 이미 잃은 목숨을 살아간다고 말했을 정도다.

많은 이유가 두 형제의 발목을 어렵지 않게 붙잡았다.

"일 마치고 나면, 동정호에서 대주가 술 한 잔 사주시는 거요?"

아직까지 결론을 내리고 있지 못하던 장호가 은근슬쩍 정범을 향해 물었다.

"제가 동정호 물만큼 술을 떠 줄 수는 없어도 장호 그대 배만큼은 가득 채워드려 보겠습니다."

정범이 웃으며 답했다.

그것으로 장호의 동반도 결정되었다.

"미친 것 아냐? 다들 죽는다니까!? 여기 무슨 죽고 싶어 환장한 놈들만 모아났나?"

전동이 벌떡 일어나며 고개를 내저었다.

애초부터 이런 결과를 바라고 그리 열심히 협박을 하고 다닌 게 아니었다. 한데 과반수 이상이 저승길 동무로 따라가겠다니? 분명 그의 상식에서는 있을 수 없는 일이었다.

"나 같이 죽을 날 다 다가온 늙은이도 아니고, 젊은 새끼들이 돌아서는!"

"오, 그 말은 죽을 날 다가온 전동 선배께서는 같이 가신단 말씀이십니까?"

장호가 장난기 어린 어조로 묻는다.

"이 새끼가. 뭐라고? 나한테 죽을 날 다 됐다고 했냐. 먼저 죽어볼래?"

"아이고, 저는 그저 선배께서 하신 말씀 그대로 읊은 것뿐 아닙니까."

"야, 이 새끼야. 개새끼가 자기가 개새끼인 걸 알아도 남이 이야기하면 기분 나쁜 법이야. 이런 우라질 놈들!"

씩씩 거리는 콧김을 내뿜으며 주변을 둘러본 전동이 자리에서 벌떡 일어났다. 마지막 그의 시선이 도착한 곳은 정범이었다.

"너. 정 대주!"

"예. 선배."

"죽을 날 다 됐어도, 당장 죽고 싶지가 않은 게 사람 마음이야. 그 옛날 진시황도 불로불사하겠다고 그 난리를 쳤잖냐. 무슨 말인 줄 알지?"

"원망하지 않겠습니다."

정범이 웃었다.

"원망은 쥐뿔. 하여간 상부터가 마음에 안 들더라니."

깊게 한숨을 내쉰 전동이 망설이던 눈빛 끝에, 결국 자리에 주저앉았다.

"선배?"

"나 죽으면 네 탓이다. 그것만 알아둬."

전동이 자신의 이마를 짚으며 작은 목소리로 중얼거린다.

"미쳤지. 내가 미쳤어. 이 새끼들 따라 무덤에 기어들어가겠다고. 내가 원래 이런 놈이 아닌데. 아오."

"후회되면 물러나셔도 괜찮습니다."

"닥쳐. 나 전동이야. 사나이 전동. 비록 무공으로 최고는 못 되어 봤지만 한번 뱉은 말 어긴 적은 한 번도 없어. 기억하지?"

"예. 선배."

"그거면 됐다. 휴."

결국 전동마저 남았다.

시선은 마지막, 초우를 향했다.

다른 누구보다 정범과 가장 우애가 깊다 볼 수 있는 초우다. 그로 인해 목숨까지 건졌다고 하였으니 말이다. 때문에 그 누구도 다른 대답을 생각하지 않았다. 초우라면 계속해서 옆에 함께 있을 것이라 믿었으니 말이다.

"저는…… 아무래도 힘들 것 같습니다."

한데 그 예상이 깨어졌다.

난감한 얼굴로, 뒷머리를 긁적이는 초우가 깊숙이 고개를 숙인다.

"비겁자라고 욕하셔도 좋습니다. 하지만 무조건 죽을 일이라면, 솔직히 참가할 용기가 없네요."

"초 아우. 내 그리 안 봤거늘!"

어느새 호형호제하기로 한 장호가 자리에서 벌떡 일어나며 큰소리를 친다.

정말 상상도 못 했던 일에 어지간히도 화가 났다.

차라리 오이한의 배신이 우스울 정도였다.

그런 장호를 손짓으로 막아선 정범이 고개를 주억인 후 초우를 향해 물었다.

"패력산장 탓입니까?"

잠시 멈칫한 초우가, 쓴웃음을 지으며 고개를 주억였다.

"어깨가 무겁습니다. 제가 죽어도 구 사제도, 휘 사매도 있다는 건 알지만 아직은 모든 걸 맡기고 떠나기에는 걱정이 많이 되는군요. 하하."

정범은 초우를 이해했다.

이 자리에 앉은 인물 중 유일하게 입장이 다른 사람이었으니 말이다. 각자 어깨와 등에 짊어진 것이 많지만, 초우는 유독 많다. 천하오패 중 하나인 패력산장의 주인이 될 후계자. 그를 보고 믿고 따르는 이들만 수백을 넘을 터다.

"목숨을 초개(草芥)같이 던져 싸우는 것은 두렵지 않지만, 저 때문에 누군가가 밥그릇을 놓을 수도 있다 생각하면 걸음을 뗄 수가 없습니다. 정말, 정말 죄송합니다."

"실망이야. 실망!"

초우의 설명에도, 분함을 감추지 못한 장호가 자리에서 벌떡 일어나 등을 돌려 바깥으로 향했다. 나쁘지 않은 선택이었다. 차가운 바람이라도 맞으면 기분이 조금은 가라앉을 테니 말이다.

"거듭, 죄송합니다."

그렇게 장호가 떠난 자리, 어느 정도 납득하고 있는 인물들 사이에서 다시 한 번 고개를 숙인 초우가 말했다.

*　　*　　*

홀로 남은 초우를 남겨 둔 채, 일행들은 강릉의 입구에 도착했다.

넓은 성.

아직은 평화로운 풍경.

그 중심에 선 정범은 느낄 수 있었다.

어찌하여 전동이 그토록 위험하다 외쳤는지 알 것만 같
았다.

　심장이 박동했다.

　두근.

　두근.

　너무나도 익숙하고, 두려운 존재가 지근에 느껴진다.

　'마노…….'

　그가 바로 강릉에 있었다.

〈다음 권에 계속〉